# Le maître de Rampling Gate

ANNE RICE
MAGGIE STIEFVATER - TESSA GRATTON
MELISSA DE LA CRUZ - RACHEL CAINE

# LE MAÎTRE DE RAMPLING GATE

## Et autres nouvelles

Traduit de l'anglais (États-Unis)
par Camille Croqueloup et Alice Delarbre

hachette

L'édition originale de la nouvelle « Le Maître de Rampling Gate » (Anne Rice)
a paru dans le magazine *Redbook*, sous le titre :

THE MASTER OF RAMPLING GATE



L'édition originale des nouvelles « Portrait », « Loup, y es-tu ? » et
« Le dernier jour du printemps » (Maggie Stievater)
a paru sur le site des Merry Sisters of Fate
(http://merry-fates.livejournal.com/) sous les titres respectifs :

PORTRAIT, STILL WOLF WATCHING et THE LAST DAY OF SPRING



L'édition originale des nouvelles « Le cavalier amoureux » et « Vampire en cage » (Tessa Gratton)
a paru sur le site des Merry Sisters of Fate
(http://merry-fates.livejournal.com/) sous les titres respectifs :

HORSEMAN'S LOVE et THE VAMPIRE BOX



L'édition originale de la nouvelle « Shelter Island » (Melissa de la Cruz)
a paru chez Point, an imprint of Scholastic, Inc., sous le titre :

SHELTER ISLAND



L'édition originale des nouvelles « L'histoire de Sam » et « Pour l'amour de Grace »
(Rachel Caine) a paru sur le site de l'auteur
sous les titres respectifs :

SAM'S STORY et FALLING FOR GRACE



Traduction des nouvelles de Maggie Stiefvater,
de l'anglais (États-Unis), par Camille Croqueloup.

Traduction des nouvelles d'Anne Rice, Tessa Gratton,
Melissa de la Cruz et Rachel Caine,
de l'anglais (États-Unis) par Alice Delarbre.
Illustrations de couverture : © Ruby Del Angel/Arcangel Images


Hachette Livre, 43, quai de Grenelle, 75 015 Paris.

ANNE RICE

# LE MAÎTRE DE RAMPLING GATE

# LE MAÎTRE DE RAMPLING GATE

Rampling Gate. À force de contempler les vieilles images de ce château féerique entouré d'arbres menaçants, il nous était devenu familier. Une forêt de pignons et de cheminées qui s'étendait entre deux immenses tourelles, des murs gris tapissés de lierre, des fenêtres à meneaux qui reflétaient les nuages dérivant dans le ciel.

Plusieurs questions nous taraudaient. Pourquoi Père n'y avait-il jamais mis les pieds ? Pourquoi ne nous y avait-il jamais emmenés ? Et pourquoi, sur son lit de mort, au terme des mois sinistres qui avaient suivi la disparition de Mère, avait-il dit à mon frère, Richard, que Rampling Gate devait être démantelé pierre par pierre ? Ce manoir avait toujours appartenu à notre famille et avait résisté au passage de plus de quatre siècles.

Notre désarroi face à l'ampleur de la tâche n'avait d'égal que notre incompréhension. Richard venait de terminer sa quatrième année d'études à Oxford. Après deux saisons dans les tourbillons de la vie mondaine londonienne, je jouissais d'un succès modeste. Si je préférais encore griffonner des poèmes ou des récits dans la retraite de ma chambre plutôt que danser jusqu'aux petites heures du jour, je gardais ce secret pour moi seule ; même si nous n'aurions pu être qualifiés d'enfants gâtés, nos parents nous avaient toujours offert le meilleur. Toutefois les années d'insouciance touchaient à leur fin et nous devions désormais faire montre de prudence et de sagesse dans nos décisions.

Ce fut le cœur serré que nous observâmes, installés devant un petit feu de charbon dans l'étude de Père, les vieux tableaux de Rampling Gate. « Détruis-le, Richard, dès que je ne serai plus de ce monde. » Voilà l'instruction que Père avait laissée.

— Je ne le comprends tout bonnement pas, Julie, confessa mon frère en versant du sherry dans le minuscule verre en cristal que je lui tendais. Nous parlons d'une demeure d'époque, un manoir du XIV^e^ siècle en parfait état. À ce que j'ai compris, une certaine Mrs Blessington, originaire du village de Rampling, s'en est occupée durant toutes ces années. Elle était là lorsque Oncle Baxter a rendu l'âme. Le dernier des Rampling à avoir vécu sous ce toit…

— Te souvient-il du jour où Père décrocha toutes ces toiles pour les ranger ?

— Il est gravé à jamais dans ma mémoire… C'était si curieux et si surprenant de sa part.

Richard se carra dans son siège avant de tirer sur sa pipe et de reprendre :

— Quelque temps auparavant, il avait eu une réaction étrange en voyant ce jeune homme à la gare Victoria.

— Oui, c'est vrai, acquiesçai-je, me blottissant entre les bras du fauteuil en velours, les yeux rivés sur les petites flammes qui dansaient dans l'âtre. Je n'oublierai jamais la colère de Père.

Il s'agissait pourtant d'un incident des plus banals. On pouvait d'ailleurs à peine parler d'incident. Nous ne devions pas avoir plus de six et huit ans à l'époque, et nous avions accompagné Père, qui prenait congé d'amis chers à son cœur. À travers la vitre d'un train, il avait aperçu un jeune homme, et cette vision l'avait à la fois déconcerté et contrarié. Je me rappelais encore son visage avec une précision remarquable. D'une grande beauté, il avait le nez droit, des sourcils bien dessinés et une masse brillante de cheveux bruns. Ses immenses prunelles noires s'étaient voilées d'une tristesse infinie lorsque Père nous avait précipitamment entraînés à l'écart.

— Il y eut une querelle entre Père et Mère, le soir même, ajouta Richard, plongé dans ses souvenirs. Je nous revois les écoutant depuis le palier, terrifiés.

— Père disait de cet homme qu'il ne se satisfaisait plus de sa position de maître de Rampling Gate. Qu'il était venu à Londres pour se révéler à tous. Une monstruosité sans nom, selon ses propres termes. Père lui trouvait une audace inégalable.

— Oui, ce furent ses mots exacts en effet, et quand Mère a tenté de l'apaiser, quand elle a suggéré que son imagination avait pu lui jouer des tours, il est entré dans une rage noire.

— Mais pourquoi Père parlait-il de lui comme du maître de Rampling Gate ? Oncle Baxter nous avait quittés depuis longtemps, et Père avait hérité de ce titre, n'est-ce pas ?

— J'ignore quel sens donner à ses propos, murmura Richard. Et l'examen minutieux de ses papiers ne m'a apporté aucune lumière.

Tandis qu'il étudiait l'image la plus récente, une ravissante gravure colorée représentant la demeure et son reflet parfait dans l'eau azur du lac à son pied, il reprit :

— Le pire dans toute cette affaire, Julie, est que ni toi ni moi n'avons jamais vu ce manoir.

Je me tournai dans sa direction ; de la rencontre de nos regards naquit une gêne, rapidement dissipée. Je me penchai alors vers lui :

— Il ne nous a pas interdit d'y aller, n'est-ce pas ? Il n'a pas expressément dit que nous ne devions pas voir les lieux avant leur destruction.

— Non, bien sûr que non ! s'exclama Richard, le visage éclairé par un large sourire. Après tout, n'avons-nous pas une dette, Julie ? Envers Oncle Baxter, qui a dépensé jusqu'au dernier sou pour restaurer la demeure, et même envers cette vieille Mrs Blessington, qui a veillé sur ces lieux toutes ces années ?

— Sans parler du village et de ses habitants ? m'empressai-je d'ajouter. Qu'éprouveront tous ces gens à la disparition de Rampling Gate ? Il est de notre devoir de nous rendre sur place.

— Voilà qui est donc décidé. Je vais de ce pas écrire à Mrs Blessington pour l'informer de notre venue en lui précisant que nous ignorons encore quelle sera la durée de notre séjour.

— Oh ! Richard, ce serait merveilleux !

Je ne pus me retenir de le serrer dans mes bras, bien que le rouge lui montât aux joues ; afin de dissimuler son embarras il tira sur sa pipe, ainsi que Père l'aurait fait.

— Restons au moins une quinzaine, dis-je. Ma curiosité de cet endroit est d'autant plus aiguisée que…

Penser aux mises en garde de Père était trop douloureux. Je préférais me concentrer sur les attraits que présentait la perspective d'un voyage. J'emporterais mes manuscrits car, qui savait, je trouverais peut-être dans ce cadre mélancolique et pittoresque l'inspiration qui me manquait. C'était avec une euphorie pernicieuse que je voyais se dissiper le nuage de morosité suspendu au-dessus de nos têtes depuis l'enterrement de Père.

— Nous avons pris la bonne décision, n'est-ce pas, Richard ?

Décontenancée par l'attirance qu'exerçait cet endroit sur moi, je me sentais en proie au doute. Connaître enfin Rampling Gate tenait du plaisir coupable. Avec une petite grimace, je répétai les paroles de Père : « Une monstruosité sans nom... » Qu'entendait-il par là ? Je me rappelais alors ce jeune homme étrange, et séduisant, aperçu dans ce wagon et qui nous observait tous trois, le visage empreint d'une grande tristesse. Il portait une houppelande noire et une cravate en laine rouge, je me souvenais que cette tache écarlate tranchait sur sa pâleur. Un véritable teint de porcelaine. Je m'étonnai que mon esprit en eût conservé une image aussi nette, allant jusqu'à retenir le degré d'inclinaison de la tête et la moindre boucle de sa crinière brune. Cette image avait été comme gravée au fer rouge dans ma mémoire. Je m'avisai soudain que ces quelques instants avaient suffi pour qu'il m'inspire un idéal de beauté masculine que je n'avais jamais remis en question depuis. Toutefois, la fureur de Père avait été telle ce jour-là... que je ne pus m'empêcher d'éprouver la morsure caractéristique de la culpabilité.

— Bien entendu que cette décision est la bonne, Julie, répondit Richard.

Assis au bureau, il rédigeait déjà les lettres. Je retombai dans la contemplation de l'abîme de perplexité où mes sentiments me plongeaient.

L'après-midi touchait à sa fin lorsque le vieux cabriolet cahotant gravit la pente douce qui s'élevait au départ de la petite gare de chemin de fer. Nous pûmes alors, pour la première fois, découvrir de nos propres yeux la magnifique demeure. Je crois que je retenais mon souffle. Le ciel avait une teinte d'un rose profond derrière le banc de nuages nimbés d'un voile doré, et les derniers rayons du soleil, qui frappaient les carreaux supérieurs des fenêtres à meneaux, les faisaient paraître d'or massif.

— Oh ! mais c'est sublime, murmurai-je, aussi majestueux que la plus belle des cathédrales. Et penser que cette merveille nous appartient !

Richard déposa la caresse d'un baiser sur ma joue. Je fus prise d'une folie subite et du désir de m'y abandonner entièrement. Étais-je en proie à la peur ou à un ensorcellement ? Je ne saurais le dire. Peut-être un mélange extraordinaire des deux.

De tout mon cœur je souhaitais sauter du cabriolet et poursuivre à pied pour me laisser progressivement dominer par ces tours de plus en plus hautes, de plus en plus grosses. Notre cheval avait accéléré la cadence. Bien vite, les domestiques engoncés dans leurs tenues empesées rompirent les rangs pour venir à notre rencontre ; la vieille gouvernante ridée ouvrit grand les bras, les hommes avancèrent, prêts à décharger les valises et les malles.

Nous fûmes, Richard et moi-même, entraînés dans un hall grandiose par la minuscule et vive Mrs Blessington.

Suivis par l'écho de nos pas sur les dalles de marbre, nous étions éblouis par la danse des grains de poussière dans les rais de lumière ; ceux-ci tombaient sur une immense table en chêne et ses chaises richement sculptées, mais aussi sur de lourdes tapisseries sombres ondulant légèrement le long de murs vertigineux.

— Cet endroit est un pur enchantement ! m'écriai-je sans pouvoir me contenir. Oh ! Richard, je me sens chez moi ici !

Mrs Blessington se mit à rire gaiement en refermant sa main desséchée sur la mienne. Ses petits yeux bleus m'observèrent avec une expression étrangement distante, en contradiction avec la chaleur de son sourire.

— Vous ne sauriez imaginer ma joie de revoir des Rampling à Rampling Gate. Eh oui, ma chère, ajouta-t-elle comme si elle lisait dans mes pensées, je suis, depuis plusieurs années, presque aveugle. Néanmoins, si vous apercevez le moindre désordre, prévenez-moi sans tarder, car cela relèverait de l'exception et non de la règle, je peux vous le garantir.

Une telle ardeur émanait de son petit visage fripé qu'elle m'inspira immédiatement une grande affection.

Elle nous conduisit à nos chambres, les plus belles de la demeure et qui jouissaient de la meilleure exposition ; les draps étaient d'un blanc immaculé et des feux y brûlaient, qui repoussaient l'humidité se dégageant en permanence des murs épais. Les petites fenêtres aux carreaux en losanges offraient une vue imprenable sur l'étendue d'eau et les chênes qui la ceignaient, ainsi que sur les lumières éparses du village, au loin.

Ce soir-là, lors du dîner, nous rîmes comme des enfants, autour de la grande table, éclairée par la lueur vacillante de bougies. Le repas fut suivi d'une partie endiablée de billard dans la salle de jeux, la dernière pièce à avoir bénéficié des travaux de rénovation de notre Oncle Baxter, et de sa consommation excessive de cognac, je le crains.

Juste avant de me mettre au lit, je demandai à Mrs Blessington si quelqu'un avait occupé le manoir depuis la mort de notre oncle. Bien que son décès remontât à 1838, soit à près d'un demi-siècle, la gouvernante était déjà en fonction à l'époque.

— Non, ma chère, répondit-elle aussitôt en faisant gonfler les oreillers de plume. Votre père est venu cette année-là, ainsi que vous le savez, mais son séjour n'a pas duré plus d'un ou deux mois.

— Vous n'avez pas reçu la visite d'un certain jeune homme…, insistai-je, alors même que j'étais peu désireuse de trouver motif à entacher mon bonheur.

Le confort spartiate de cette chambre, aux murs de pierre dépourvus de tout papier peint ou ornement, et le lustre des panneaux de noyer du lit me comblaient tout simplement.

— Un jeune homme ?

Elle ponctua sa répartie d'un rire franc, signe d'une connaissance infaillible des lieux. Tisonnant le feu, elle ajouta :

— Quelle étrange question...

Je restai assise en silence devant ma coiffeuse, à retirer les dernières épingles de mes cheveux. Se déroulant, ils drapèrent mes épaules tel un manteau chaud sous lequel il fait bon se blottir. La vieille gouvernante dut cependant percevoir ma gêne, car elle s'approcha.

— Pour quelle raison évoquez-vous un jeune homme, miss ?

Ses doigts tâtonnants apprivoisèrent lentement les longues tresses qui me tombaient dans le dos, puis elle me prit la brosse des mains.

Je redoutais trop le ridicule pour lui raconter l'histoire en détail et aménageai une version expurgée de notre rencontre inattendue avec un jeune homme à la beauté ensorcelante que Père, dans sa colère consécutive, avait qualifié de maître de Rampling Gate.

— Beau, dites-vous ? s'étonna-t-elle en démêlant avec douceur ma chevelure.

Elle sembla s'arrêter sur chacun des termes de la description que je lui en donnai, une seconde fois.

— Vous n'avez donc pas reçu de visite importune, Mrs Blessington ? Et il n'y a donc pas de mystère à résoudre...

Elle éclata d'un rire très doux.

— Oh ! non, ma chère, cette demeure est l'endroit le plus sûr au monde. Nous y sommes heureux. Nul n'oserait troubler la paix de Rampling Gate !

Et rien, en effet, ne vint perturber la sérénité des jours qui suivirent. Le brouillard et le bruit de Londres, ainsi que les dernières volontés de notre père, acquirent les qualités d'un rêve. Notre quotidien, à présent, se partageait entre de longues promenades, dans le parc où la végétation avait repris ses droits, et des traversées sur le lac dans la petite barque. Nous dégustions notre tasse de thé à l'abri, dans le jardin d'hiver désert. En début de soirée, enfin, nous nous retirions dans nos appartements, chacun en compagnie d'un livre provenant de l'incroyable bibliothèque d'Oncle Baxter, que nous explorions à la lueur de la chandelle.

Toutes les enquêtes que nous menions, avec grande discrétion, au village, aboutissaient peu ou prou au même résultat : les villageois adoraient le manoir et ne connaissaient aucun conte terrifiant à son sujet. À de nombreuses reprises, en vérité, nous nous entendîmes dire que Rampling était le hameau le plus heureux du royaume d'Angleterre et que personne n'osait – selon les propres mots de Mrs Blessington – déranger ce bonheur paisible.

— Cette ancienne demeure est notre ange gardien, expliqua la vieille libraire lorsque Richard s'y arrêta pour acheter les journaux de Londres. Ce village a-t-il un jour existé sans Rampling Gate ?

Comment leur apprendre la décision de Père ? Comment nous résoudre à la mettre en œuvre ? Nous étions aussi incapables l'un que l'autre d'évoquer la catastrophe imminente, et Richard écrivit à son employeur pour lui annoncer que nous ne rentrerions pas à Londres avant l'automne.

La collection de vieux classiques d'Oncle Baxter constituait une réserve inépuisable de richesses pour mon frère ; quant à moi, j'avais installé mon écritoire dans la petite étude qui communiquait avec la bibliothèque, et dont j'avais fait mon domaine.

Jamais je n'avais connu une telle paix et une telle tranquillité. Il me semblait que l'atmosphère de Rampling Gate imprégnait mes descriptions les plus simples et enrichissait les intrigues et les personnages qui naissaient sous ma plume. Le lundi suivant notre arrivée, ayant terminé ma première nouvelle, une audace inédite s'empara de moi et je me rendis à pied au village dans l'intention de la poster aux éditeurs de la revue littéraire, *Blackwood's Magazine*.

C'était une superbe matinée, et je pris mon temps sur le chemin du retour. Je ne parvenais pas à m'expliquer que ce ravissant coin de campagne eût pu déplaire à notre père. Quel souvenir avait donc assombri à ce point ses dernières heures sur Terre pour qu'il jette une malédiction sur cet endroit ?

Mon cœur s'ouvrait au contact de ce calme surnaturel, de cette majesté incontestable à laquelle je m'abandonnais sans retenue. Parfois, j'avais le sentiment de n'être plus qu'un esprit désincarné qui divaguait dans un silence insondable. Les jardins et les corridors de pierre avaient été les témoins de bien trop d'événements pour se soucier d'une frêle jeune femme, qui, dans ses moments d'égarement, entreprenait les armures autour d'elle, les statues abîmées du parc, les angelots de la fontaine aux conques asséchées depuis des années.

Cette beauté infinie nourrirait-elle en son sein une force malveillante, qui nous échappait encore, une histoire ineffable qui contiendrait l'explication de tout ? Une horreur insupportable… Je convoquai l'image de ce jeune homme et la sensation la plus étrange s'empara de moi : le souvenir de la scène s'était enrichi, par l'effet de ma mémoire ou de mon imagination. Peut-être dans mes rêves l'avais-je réinventé, parant ses lèvres et ses joues d'un éclat vermeil. Peut-être, en l'animant devant les yeux de Mrs Blessington, m'étais-je autorisée à le voir porter une main à sa cravate rouge, peut-être avais-je aperçu des doigts longs et délicats, des doigts de musicien.

Ces réflexions occupaient encore mon esprit quand je rentrai sans un bruit et surpris Richard dans son fauteuil en cuir préféré, près de l'âtre.

L'air qui s'engouffrait par les portes-fenêtres, grandes ouvertes sur le jardin, était tiède, pourtant le feu crépitait. À la lueur des flammes, l'immense pièce, avec ses rayonnages imposants remplis de volumes en cuir, paraissait accueillante et presque petite.

— Assieds-toi, m'intima Richard d'une voix grave, m'accordant à peine un regard. Je veux te lire quelque chose. Ceci appartenait à Oncle Baxter, reprit-il en désignant le grand registre étroit dans ses mains. J'ai d'abord cru qu'il s'agissait d'un simple livre de comptes, qu'il avait tenu pendant les travaux de rénovation, mais j'ai découvert que c'était son journal intime et que certaines entrées dataient des dernières semaines de sa vie. Rédigées dans la précipitation, elles sont pour ainsi dire incompréhensibles ; j'ai néanmoins réussi à les déchiffrer.

— Eh bien, je t'écoute, dis-je alors qu'une peur subite s'emparait de moi.

Je ne voulais rien apprendre de terrible sur ce lieu. Si seulement nous pouvions rester ici éternellement... Bien sûr, c'était hors de question.

— Prête-moi une oreille attentive, reprit Richard avant de tourner une page avec beaucoup de précaution. « 5 mai 1838 : Il est ici, j'en suis convaincu. Il est revenu. » Et quelques jours plus tard : « Il se croit chez lui, ma foi, il boirait mon vin et fumerait mes cigares s'il en avait le pouvoir. Il se permet déjà de lire mes livres et mes papiers, ce que je ne tolérerai pas. J'ai donné des ordres pour que tout soit placé sous clé. » Enfin, la dernière entrée, rédigée le matin de son décès : « Las, je suis si las, la mort me guette et il n'est pas étranger à ma langueur. La nuit dernière, je l'ai vu de mes propres yeux. Il se tenait dans cette même pièce. Il bouge et parle comme n'importe quel humain. Il a osé me confier ses secrets, lui, un misérable démon à face d'ange. Et moi, pauvre mortel, comment pourrais-je le supporter ? »

— Bonté divine, murmurai-je.

Je me levai du fauteuil et, me postant derrière Richard, pris connaissance du document à mon tour. Des pattes de mouches jetées à la hâte sur la dernière page du livre. Je savais que le cœur d'Oncle Baxter l'avait lâché. Il ne s'était pas éteint brusquement pourtant, mais dans la paix de ces lieux, son missel à la main.

— Pourrait-il s'agir de l'homme que Père a mentionné lors de cette fameuse nuit ?

En dépit du soleil qui se déversait par les fenêtres, je fus secouée d'un violent frisson. Pour la première fois, je me défiais de cette demeure, je me défiais de la témérité qui nous avait amenés ici, soudain soucieuse des mises en garde paternelles.

— Cela remonte à des années, Richard… Et à quoi rime cette histoire d'être surnaturel ? À l'évidence, notre oncle était fou ! L'homme que j'ai aperçu dans ce train n'avait rien d'un esprit !

Me laissant choir dans le fauteuil face au sien, je m'efforçai de contrôler les battements de mon cœur.

— Julie, dit-il d'une voix douce en refermant le registre, Mrs Blessington vit ici depuis des années, pour sa plus grande satisfaction. Six domestiques dorment, chaque nuit, dans l'aile nord. Je ne crois pas que nous devrions tenir ces histoires pour autre chose que des fables.

— D'autant qu'elles n'ont rien de très divertissantes, répartis-je timidement. Elles sont différentes des histoires de fantômes que nous échangions enfants, lorsque nous peuplions les ombres de créatures imaginaires et nous moquions de nos camarades effrayés.

— Toute ma vie, dit-il, les yeux plongés dans les miens, j'ai entendu des récits de revenants et de spectres, pour certains censément réels… Cela allait presque toujours de pair avec l'évocation d'une maison à l'atmosphère lugubre, dans laquelle tout visiteur se sentait gagné par un mauvais pressentiment, par une impression de danger, d'alarme…

— Oui, tu as raison. Et le climat ici n'a rien de vénéneux.

— Au contraire, même, je ne me suis jamais senti autant à mon aise qu'aujourd'hui.

Il plongea une main dans sa poche pour en extraire l'éternelle allumette dont il avait besoin pour allumer sa pipe, qui s'était éteinte.

— En vérité, Julie, j'ignore comment je trouverai la force d'accomplir les dernières volontés de Père et de mettre à bas cet endroit.

Je hochai la tête d'un air compatissant. Cette préoccupation m'obsédait depuis notre arrivée. À cet instant précis, je me sentais encore bien, à ma place, en sûreté. Je me pris à regretter, dans un élan subit d'irrationalité, qu'il ait découvert le registre d'Oncle Baxter.

— Je devrais entreprendre à nouveau Mrs Blessington à ce sujet ! lançai-je, presque avec humeur. De façon sérieuse, s'entend.

— Je m'en suis déjà chargé, Julie, dit-il. Je l'ai interrogée ce matin, dès que je suis tombé sur ces pages, et elle s'est contentée d'éclater de rire. Elle a juré ses grands dieux n'avoir jamais rien vu d'inhabituel ici et qu'il ne restait plus aucun villageois susceptible de raconter des fables sur le manoir. Elle a répété combien elle était heureuse que nous soyons venus chez nous, à Rampling Gate. À mon sens, elle ne soupçonne pas un seul instant notre intention. Oh ! elle en aurait le cœur brisé !

Il ne m'avait pas entendue. Il avait posé le livre de comptes à l'écart avant de se lever lentement, avec mollesse presque, et de se poster à l'entrée du petit jardin. Le regard perdu par-dessus la haute haie, il admirait les chênes, dont les lourds membres coudés ployaient, presque jusqu'à la surface du lac. Il n'y avait pas un seul bruit à cette heure de la journée, hormis le doux bruissement des feuilles dans la brise, le cri, occasionnel, d'un oiseau au loin.

— Peut-être est-il parti, Julie, me lança Richard par-dessus son épaule, sa voix claire portant tout particulièrement dans le silence. À supposer qu'il ait bien existé. Peut-être n'y a-t-il plus aucune raison de s'effrayer. Tu ne te vois pas, je suppose, affronter les frimas ici, n'est-ce pas ? J'imagine que tu préférerais avoir regagné Londres aux premières gelées.

Il m'apparaissait singulièrement petit dans ce décor d'arbres gigantesques, dont le feuillage brisait en petits morceaux éclatants le ciel et filtrait le soleil.

Rampling Gate le tenait. Et je ne le comprenais aussi bien que parce que j'étais, moi aussi, ferrée. Je me sentais parfaitement capable d'endurer l'hiver ici, aussi désolé et glacial fût-il. Je ne voulais plus jamais rentrer. La proximité du mystère ne faisait qu'émousser ma perception de tout ce qui se trouvait ailleurs, loin de Rampling Gate.

Après un long moment, je me levai pour rejoindre Richard dans le jardin. Je plaçai une main sur son bras.

— Je n'ai qu'une certitude, Julie, dit-il comme si nous n'avions pas interrompu notre conversation tout ce temps. J'ai juré à Père d'agir selon sa volonté, et cette promesse me met au supplice. Ma décision pèsera sur ma conscience, éternellement, que je démolisse cette demeure ou que j'aille à l'encontre de la mission qu'il m'a confiée dans son dernier souffle.

— Nous devons prendre conseil, Richard. Auprès de nos avocats, des gens de Père. Écris-leur pour leur exposer toute l'affaire. Père était en proie à la fièvre quand il a donné l'ordre. Je suis convaincue qu'ils nous aideront à faire le bon choix.

Il était trois heures lorsque j'ouvris les yeux. Je ne dormais plus depuis longtemps, toutefois. J'avais suivi le passage des heures au faible carillon de l'horloge, dans le hall. Et je n'éprouvais pas uniquement de la peur, étendue seule dans le noir. J'étais aussi en proie à une agitation indéfinissable et incessante, mélange de vide et d'envie, qui finit par me faire quitter mon lit. Comment me débarrasser de cette tension ? J'observai les objets les plus simples dans la pénombre. La petite tapisserie suspendue au-dessus du manteau de la cheminée, avec ses princes et princesses prisonniers d'un tissu décoloré. Le portrait d'une aïeule de l'époque élisabéthaine, qui m'observait de son œil en amande dans son petit cadre.

Comment définir cet endroit, en réalité ? Était-ce une simple demeure ou un état d'esprit ? Quel effet avait-il sur mon âme ? Pourquoi les remarques d'Oncle Baxter ne nous avaient-elles pas renvoyés directement à Londres ? Pourquoi nous étions-nous attardés dans le grand hall, après le dîner, mon frère et moi, sans échanger un seul mot ?

Je me sentis débordée par mes émotions, soudain convaincue d'être tenue à l'écart d'un grand secret éblouissant. N'était-ce pas exactement ce que décrivait Oncle Baxter ?

En proie à un trouble insupportable, j'enfilai ma robe de chambre en laine dont je boutonnai le col de dentelle et nouai la ceinture. Après avoir glissé mes pieds dans mes pantoufles, je m'aventurai dans le couloir.

Un rayon de lune tombait sur l'escalier en chêne et la porte de la chambre de Richard, qui faisait un profond décrochement dans le mur. Je m'en approchai sur la pointe des pieds et, jetant un coup d'œil à l'intérieur, découvris que le lit était vide et les draps pas le moins du monde froissés.

Mon frère ne dormait donc pas davantage que moi. Si seulement il était venu me chercher, s'il m'avait proposé de l'accompagner, je l'aurais suivi n'importe où.

Faisant demi-tour, je descendis les larges marches en silence.

Le grand hall s'ouvrait telle une grotte devant moi, le clair de lune mettant en relief, ici ou là, une paire d'épées croisées ou un bouclier. Bien au-delà de cet antre obscur, dans le renfoncement à l'entrée de la bibliothèque, j'aperçus une lueur vacillante. La brise qui traversa subitement la pièce m'apporta l'odeur d'un feu de bois.

Je frémis de soulagement. Richard était là. Nous pourrions discuter. Ou peut-être explorer ensemble la maison, abritant, chacun, d'une main la flamme fragile de la bougie ? Une impression de bien-être apaisante m'envahit, pourtant la distance entre mon frère et moi me semblait infinie. Brûlant de la couvrir, je longeai à toute allure la longue table avec ses chandeliers en argent massif et atteignis, enfin, le renfoncement par lequel on accédait aux portes de la bibliothèque.

Oui, Richard se trouvait bien là. Les yeux clos, il s'était assoupi contre l'une des oreilles du fauteuil en cuir ; le petit vent en provenance du jardin faisait dangereusement vaciller les flammes des chandelles sur le manteau de la cheminée et la table voisine.

Je m'apprêtais à aller fermer les portes-fenêtres avant de le tirer doucement du sommeil d'un baiser et de lui demander s'il ne voulait pas monter se coucher, lorsque je remarquai tout à coup, du coin de l'œil, que nous n'étions pas seuls.

Dans la partie la plus reculée de la pièce, une silhouette observait les papiers en désordre de Richard, ses mains pâles posées bien à plat sur le bois du bureau.

Je savais que c'était impossible. Je savais qu'il devait s'agir d'un rêve, que cette apparition ne pouvait être réelle. Il s'agissait en effet du même jeune homme, aperçu quinze ans plus tôt sur le quai d'une gare et son beau visage lisse n'avait pas pris l'ombre d'une ride. Je reconnaissais ses cheveux, épais et brillants, que le peigne n'avait pas entièrement réussi à dompter et qui caressaient le col de son manteau noir ; sa peau si laiteuse qu'elle en brillait presque dans le noir ; ses yeux sombres qui se relevèrent brusquement et me fixèrent avec l'expression la plus étrange, alors que je retenais un cri.

Nous nous dévisageâmes en chiens de faïence, chacun à une extrémité de cette pièce obscure. Moi, hésitant sur le seuil. Lui, indéniablement ébranlé d'avoir été surpris. Mon cœur s'arrêta.

En une fraction de seconde, il me rejoignit, me dominant de toute sa hauteur et refermant délicatement ses doigts blancs sur mes bras.

— Julie..., murmura-t-il d'une voix si basse que j'eus l'impression d'entendre mes propres pensées s'adresser à moi.

Je n'étais pas en plein songe cependant. Cet homme était bien réel. Il me tenait et un cri, assourdissant et incontrôlable, avait fini par m'échapper, se répercutant sur les quatre murs.

Réveillé en sursaut, Richard se leva. J'étais seule. Agrippant le cadre de la porte pour me soutenir, j'aperçus alors, dans un moment de lucidité parfaite, le jeune intrus à l'orée du jardin ; il me jeta un regard par-dessus son épaule avant de s'éloigner.

Je ne pouvais m'arrêter de hurler. Je n'y parvins pas, même lorsque Richard m'implora de me calmer et me fit asseoir.

Je pleurais encore quand Mrs Blessington nous rejoignit enfin. Elle m'apporta aussitôt un petit cordial, tandis que Richard me suppliait, une fois de plus, de lui confier la cause de mon effroi.

— Mais tu le sais bien ! m'écriai-je, presque hystérique. C'était lui, le jeune homme du train. Sauf qu'il portait une redingote démodée et que sa cravate en soie était dénouée. Richard, il lisait tes papiers dans le noir le plus complet.

— Très bien, dit-il en me faisant signe de m'apaiser. Il était donc près du bureau. Et il n'y avait pas de lumière ici, si bien que ta vue a très bien pu te jouer un tour.

— C'était lui, Richard ! Tu ne comprends donc pas ? Il m'a touchée, j'ai senti ses doigts sur mes bras.

Je tournai un regard implorant vers Mrs Blessington, qui secouait la tête, ses petits yeux luisant telles des perles à la lumière.

— Il m'a appelée Julie, chuchotai-je. Il connaît mon nom !

Je me levai d'un bond, m'emparai d'une chandelle et, écartant Richard, m'approchai du bureau.

— Oh ! mon Dieu ! Ne vois-tu pas ce qui est arrivé ? Ce sont tes lettres au Dr Partridge et à Mrs Sellers au sujet de la destruction du manoir !

Mrs Blessington laissa échapper un petit cri tout en portant une main à sa joue ; elle ressemblait à une fillette flétrie avec son bonnet de nuit. Elle s'affala sur la chaise à dossier droit, près de la porte.

— Tu ne peux pas vraiment croire qu'il s'agissait du même homme, Julie, pas après toutes ces années…

— Il n'a pas changé d'un pouce, Richard. Je te garantis que je ne commets aucune erreur, c'était bel et bien lui, le même homme.

— Dieu tout-puissant..., murmura Mrs Blessington. Que fera-t-il si vous essayez d'anéantir son domaine ? Que fera-t-il ?

— De qui parlez-vous ? s'enquit Richard avec circonspection, les yeux réduits à deux fentes.

Il me prit la chandelle des mains pour s'approcher d'elle. Je dévisageais la vieille femme, comprenant à peine la portée des mots qui venaient de lui échapper.

— Vous savez qui il est, alors ! soufflai-je.

— Julie, cesse donc ! me tança Richard.

Le visage de Mrs Blessington s'était crispé et ses yeux, perdus dans le vague, s'étaient rétrécis.

— Vous saviez qu'il était là ! insistai-je. Parlez !

Avec un effort manifeste, elle se hissa sur ses pieds.

— Il n'y a rien dans cette maison qui puisse vous vouloir du mal, dit-elle, ni à vous, ni à aucun d'entre nous.

Elle se détourna, repoussant Richard lorsqu'il voulut l'aider.

— Ma présence ici n'est plus requise, ajouta-t-elle doucement. Et si vous êtes décidés à démolir ce manoir, construit par vos ancêtres, alors vous le ferez sans moi.

— Oh ! mais nous n'en avons pas l'intention ! m'exclamai-je.

Elle disparaissait déjà dans la galerie, se dirigeant vers l'aile nord.

— Rattrape-la, Richard ! Tu l'as entendue, elle le connaît !

— J'ai eu mon content pour ce soir, rétorqua-t-il presque avec humeur. Nous devrions aussi monter nous coucher. Nous décortiquerons toute l'affaire à la lumière du jour. Et nous fouillerons cette demeure. Viens, maintenant.

— Nous devrions l'informer, non ?

— Informer qui ? De quoi ?

— L'informer que nous n'abattrons pas Rampling Gate ! rétorquai-je d'une voix forte et claire, qui résonna longtemps à mes oreilles.

Le lendemain fut, ainsi, la journée la plus pénible depuis notre arrivée. Nous consacrâmes l'essentiel de la matinée à convaincre Mrs Blessington que nous n'avions pas l'intention d'ordonner la destruction des lieux. Richard posta ses lettres et décida de ne prendre aucune décision tant que nous n'aurions pas reçu d'aide.

Ensemble, nous entreprîmes une exploration approfondie de la demeure. La nuit nous surprit alors que nous avions seulement eu le temps de couvrir la tour et l'aile sud, ainsi que la partie centrale. Il nous restait donc la tour nord, dans un état de délabrement effroyable, et une poignée de pièces souterraines qui, autrefois, avaient dû servir de cachots et étaient à présent condamnées. Sans parler des débarras et autres escaliers dérobés, qui étaient légion et auxquels nous avions à peine jeté un coup d'œil. Pour ne rien arranger, nous perdions régulièrement le fil des endroits que nous avions visités.

Ce qui m'apparut avec évidence à l'heure du dîner, c'est que Richard était dans un état de tension et d'exaspération extrêmes et qu'il avait acquis la conviction que l'homme que j'avais aperçu dans la bibliothèque n'était que le fruit de mon imagination.

Tout comme il était persuadé qu'Oncle Baxter avait perdu la tête avant de mourir, ou qu'il avait été extraordinairement éprouvé par un événement banal.

Je savais pourtant ce que j'avais vu. Et, à mesure que le jour avançait, je m'isolai de plus en plus. Un silence gêné s'était installé entre Mrs Blessington et moi. Je ne comprenais que trop bien, à présent, la colère de mon Père, cette fameuse nuit, à notre retour de la gare Victoria, lorsque ma mère l'avait soupçonné de divaguer.

Toutefois, j'étais encore plus intriguée par la contenance discrète du mystérieux inconnu, la quasi-innocence des yeux sombres qui s'étaient posés sur moi avant qu'un cri ne m'échappât.

— Je trouve étrange que Mrs Blessington n'ait pas peur de lui, dis-je d'une voix distraite, tout bas et sans me soucier que Richard puisse ou non m'entendre. Comme personne d'autre ici d'ailleurs…

Les rêveries les plus inattendues se bousculaient dans mon esprit. Les propos imprudents des villageois me revenaient.

— Tu ferais preuve de sagesse, dis-je à mon frère, en laissant une note écrite indiquant que tu ne comptes pas démolir ce manoir, avant de te retirer pour la nuit.

— Julie, tu crées un dilemme insoluble, rétorqua Richard. Tu insistes pour que je rassure cette créature, établissant par là même son existence, qui a précisément conduit Père à nous donner de telles instructions sur son lit de mort.

— Oh ! je regrette tant d'être venue ici ! éclatai-je soudain.

— Dans ce cas, repartons, et tranchons sur cette question chez nous, à Londres.

— Non, c'est tout le problème. Je ne pourrai jamais me résoudre à partir sans connaître… les « secrets » de ce « misérable démon » ! Je ne pourrai jamais reprendre le cours de ma vie sans savoir, désormais !

La colère doit être un excellent remède à la peur, car mon inquiétude naturelle fut apaisée. Je ne me déshabillai pas ce soir-là, ne me donnant pas même la peine de retirer mes chaussures, mais patientai, dans ma chambre vide et obscure, le regard fixé sur la petite vitre losangée, jusqu'à ce que la maisonnée entière fût endormie. La porte de Richard finit par se fermer. Suivirent les cliquetis lointains de verrous que l'on poussait.

Lorsque l'horloge de parquet sonna onze coups dans le grand hall, Rampling Gate dormait déjà profondément.

Je guettai le bruit des pas de mon frère dans le couloir. Ne l'entendant pas quitter sa chambre, je m'en étonnai, surprise que la curiosité ne l'incite pas à venir me trouver, à me dire que nous devions, ensemble, découvrir la vérité.

Cela m'arrangeait bien, dans un sens. Je ne voulais pas de sa présence à mon côté. J'éprouvai une exultation ambivalente à la perspective de descendre au rez-de-chaussée comme la veille. Il me faudrait attendre encore une heure, néanmoins, pour m'assurer d'être tranquille. Je laisserais la nuit atteindre son apogée. Minuit, l'heure du crime. Mon cœur s'emballait à cette pensée et, m'abandonnant à un rêve éveillé, je revis le visage, j'entendis la voix qui avait prononcé mon prénom.

Ah ! pourquoi cette rencontre m'avait-elle laissé un tel sentiment d'intimité, comme si nous nous connaissions, comme si mon âme s'était souvenue de la sienne ?

— Comment vous appelez-vous ?

Je crus avoir parlé tout haut. Un frisson de peur me prit au dépourvu. Aurais-je le courage de partir à sa recherche, de lui ouvrir la porte ? Perdais-je la tête ? Les yeux clos, j'abandonnai ma tête contre le dossier du fauteuil damassé.

Y avait-il plus grand vide que cette nuit en pleine campagne ? Plus grand délice ?

Je rouvris les yeux. J'étais plongée dans un demi-rêve, dans lequel je m'efforçais d'expliquer à Père pourquoi il était nécessaire que nous comprenions, par nous-mêmes, la raison de sa requête. Et je m'avisai alors, avant même de recouvrer pleinement mes esprits, il me semble, qu'il se tenait près de mon lit.

La porte était entrouverte. Il portait les mêmes vêtements que la veille, et ses prunelles sombres m'observaient avec la même stupéfaction. Négligemment appuyé à l'un des piliers du lit, il affectait une petite moue d'écolier. En vérité, il était absorbé dans la contemplation de ma personne. Et ne paraissait guère se rendre compte que je le regardais, moi aussi.

Lorsque je me redressai toutefois, il leva un doigt, comme pour me faire taire et dodelina de la tête.

— C'est vous ! murmurai-je.

— Oui, dit-il de la voix la plus douce et la plus discrète.

Mais nous avions déjà entamé la conversation, non ? Je lui avais posé des questions, je lui avais confié des choses. Je me sentis soudain perdre l'équilibre, basculant à nouveau dans un songe.

Non ! En réalité, j'avais retrouvé le fragment d'un rêve du passé. Ce souvenir bouleversant du monde nocturne, qui vous assaille soudain parfois. J'entendis bien nos voix un instant, puis je vis Père avec son haut-de-forme et son pardessus noirs, se précipitant, seul, dans les rues du West End, entrouvrant les portes les unes après les autres et, enfin, jaillissant du plateau en marbre d'une table d'un music-hall enfumé et sombre, lui... son visage.

— Oui..., soufflai-je.

*Rebrousse chemin, Julie !* C'était un ordre paternel.

—... en pénétrer le cœur, ajoutai-je en tentant de reprendre le fil de mes pensées sans être certaine que mes lèvres remuaient réellement. Découvrir ce qui l'a effrayé, enragé. La raison de sa décision... « Détruisez-le ! »

—... vous ne devez jamais, jamais, accomplir sa volonté, répliqua-t-il.

Son visage, affligé, rappelait celui d'un écolier au bord des larmes.

— Non, bien sûr, nous ne le désirons pas plus mon frère que moi... et vous n'êtes pas un esprit !

Mon regard était tombé sur ses bottines maculées de boue, et j'avisai alors la fine couche de poussière sur ses joues blanches.

— Un esprit ? s'étonna-t-il presque plaintivement, presque avec amertume. Si seulement…

Fascinée, je le vis approcher de moi alors que la chambre s'assombrissait, et je sentis ses mains froides et soyeuses sur mon visage. Je m'étais levée et je plongeai mes yeux dans les siens.

J'entendis les battements de mon propre cœur. Ainsi que je les avais entendus la veille, au moment exact où j'avais hurlé. Dieu miséricordieux, je lui parlais ! Il était dans ma chambre et je lui parlais ! Je me retrouvai même dans ses bras.

— Réel, vous êtes bien réel ! murmurai-je, parcourue aussitôt d'un frisson qui me força à prendre appui sur une colonne du lit.

Me dévisageant avec autant d'intensité que s'il s'échinait à lever le voile sur un mystère primordial, il ne répondit pas. Ses lèvres, vermeilles, semblaient n'avoir jamais connu les baisers. Un léger vertige s'était emparé de moi, une légère confusion qui me faisait douter de la réalité de sa présence.

— Oh ! mais oui, me susurra-t-il. Je suis ici, et vous êtes avec moi, Julie…

Son souffle me caressa la joue, c'était presque doux.

— Oui…

Mes yeux se fermaient. Je voyais Oncle Baxter, penché sur son bureau, et je percevais le grattement furieux de sa plume. « Misérable démon ! » lança-t-il à la brise nocturne qui pénétrait par les fenêtres grandes ouvertes.

— Non ! m'écriai-je.

Père s'engouffra dans le music-hall et m'appela.

— Aimez-moi, Julie, me murmura alors le jeune homme en pressant sa bouche sur mon cou. Rien qu'un petit baiser, Julie, un baiser inoffensif...

Le tréfonds de mon âme, endroit secret où les désirs et les lois qui les régissent se forment, s'ouvrit à lui sans la moindre lutte. Je me serais effondrée s'il ne m'avait retenue. Mes bras se refermèrent sur lui, mes doigts glissèrent dans la masse soyeuse de ses cheveux.

Je flottais, me livrant à la paix infinie de Rampling Gate. Car c'était bien le manoir que je sentais vibrer, cette âme sans âge et impénétrable qui s'offrait enfin... Une force en moi aux connaissances infinies... Voir ce qu'un dieu voit, prendre la mesure des choses instantanément, comme doté d'un œil intérieur qui saisirait aussitôt la taille et la forme...

— Oui, murmurai-je tout haut, ces mots de Keats, ces mots... *Finir à minuit sans souffrance*[1]...

Non ! Soudain, nous nous arrachâmes violemment l'un à l'autre, autant de son fait que du mien. Titubant sur le

1. « Ode à un rossignol », 1817.

parquet de la chambre, j'agrippai le cadre de la fenêtre et appuyai mon front contre le mur de pierre.

Je gardai les yeux clos un long moment. Une douleur presque délicieuse me picotait la gorge à l'endroit où ses lèvres s'étaient posées, un fourmillement lancinant.

Je me tournai alors et posai un regard aiguisé sur la chambre, le lit, la cheminée, le fauteuil. Le jeune homme se tenait à l'endroit exact où je l'avais laissé, le visage empreint d'une effroyable expression de désarroi.

— Qu'ont-ils fait de moi ? chuchota-t-il. M'ont-ils joué un tour cruel ?

— Une menace indicible..., soufflai-je.

— Indicible et ancienne, Julie. Ma nature défie l'entendement, par son immortalité.

— Mais, enfin, qu'êtes-vous donc ?

Je portai les doigts à l'endroit où mon cou m'élançait et retins un cri en découvrant qu'ils étaient teintés de rouge.

— Vous qui souffrez tant, dis-je, et qui semblez si innocent... On croirait que vous pouvez aimer !

Ses traits trahissaient le conflit intérieur qui le déchirait. Il pivota sur les talons ; convoquant toute ma volonté, je m'interdis de le suivre, de le supplier de revenir. Il fit cependant volte-face de lui-même, se débattit avec ses propres démons et, cédant enfin, me prit la main.

— Accompagnez-moi.

Il m'attira à lui avec une grande délicatesse et, un bras passé autour de ma taille, me guida vers la porte.

Nous descendîmes prestement le long couloir, puis nous nous engouffrâmes, par une petite porte en bois, dans un escalier à vis que je voyais pour la première fois.

Je compris bien vite que nous montions dans la tour nord du manoir, autrement dit l'aile en ruine que nous n'avions pas encore, Richard et moi, explorée.

Par la succession de minuscules ouvertures pratiquées dans l'épaisse muraille, j'apercevais le paysage vallonné qui succédait aux bois alentour, ainsi que le petit amas de lueurs du village de Rampling et le pâle rayon blanc que dessinait la route de Londres dans la nature.

Nous gravîmes les marches inlassablement, jusqu'à atteindre la pièce au sommet, qu'il ouvrit avec une grande clé. Il s'effaça pour me permettre d'entrer et je me retrouvai dans une vaste chambre, dont les hautes fenêtres étroites n'étaient pas pourvues de vitres. Le clair de lune tombait sur le mélange le plus hétéroclite de meubles et d'objets, dont l'accumulation suggérait que nous étions dans une sorte de grenier ou de tanière. Il y avait un bureau, une grande bibliothèque, des fauteuils en cuir, ainsi que des partitions au papier jauni, de vieilles cartes abîmées et des portraits encadrés aux murs. Des bougies étaient posées un peu partout, dans les niches en pierre nue, sur les tables et les étagères. Ici ou là, un tonneau servait de guéridon, jouxtant un fauteuil délicat de pur style élisabéthain. La cire semblait avoir coulé partout et, au milieu de tout ce fatras, j'aperçus des exemplaires froissés des journaux les plus récents, le *Mercure* de Paris, le *Times* de Londres.

Je ne voyais, en revanche, aucun lit.

Comme je m'interrogeais, un frisson me parcourut et je sentis, vivement, le contact de ses lèvres sur mon cou. J'éprouvai une envie subite de pleurer.

Pourtant, il me serrait dans ses bras, couvrant mes joues et mes lèvres de tendres baisers. Il me conduisit à un fauteuil, avant d'allumer, une à une, toutes les bougies de la pièce.

Mes yeux, qui s'embuaient à cause des flammes vacillantes, tombèrent sur d'autres objets inhabituels : télescopes, loupes, violon dans son étui ouvert et poignée de coquillages nacrés aux contours délicats. Il y avait également des bijoux, éparpillés un peu partout, un haut-de-forme en soie noire accompagné d'une canne, un bouquet de fleurs fanées, aussi sèches que de la paille, des daguerréotypes et des ferrotypes dans leurs boîtes tapissées de velours, ainsi que des livres ouverts.

Toutefois, j'étais trop distraite à présent par le spectacle de sa personne, par l'éclat de ses immenses prunelles noires et le lustre de ses cheveux. Je ne l'avais jamais vu aussi distinctement, pas même à la gare, qu'à la chaude lumière des bougies. J'en eus le cœur brisé.

Il me dévorait du regard, comme s'il n'avait jamais eu de vision plus charmante. Lorsqu'il prononça à nouveau mon prénom, le sang me monta au visage. Il me sembla soudain que le passage du temps s'était suspendu. *Je m'interrogeais, oui, sur votre nature, sur la durée de votre existence...* Un nouveau vertige s'empara de moi.

Je constatai alors que je m'étais levée pour le rejoindre à la fenêtre ; il attira mon attention sur la campagne, à nos pieds, qui s'était transformée sans que je puisse l'expliquer. Les lueurs du village avaient été soustraites à l'obscurité, qui nappait la terre d'une vapeur noire. Une immense forêt, bien plus ancienne et touffue que celle de Rampling Gate, recouvrait les collines, et une peur subite me gagna, à la pensée que je risquais de ne pouvoir jamais, de mon propre gré, me libérer de ce maelström.

J'avais l'impression confuse que nous discutions ensemble, débattant sans fin, à voix basse, agitée, et que je m'efforçais de ne pas céder.

— Le ciel m'en est témoin, c'est tout ce que j'espère de vous...

Au fond de moi se faisait jour, confusément, une certitude : seule la connaissance signerait la transformation qui me serait fatale. La lecture d'un livre interdit, la récitation d'un sortilège défendu.

— Non, seulement la découverte de ce qui était, me susurra-t-il encore.

Alors les contours du paysage se brouillèrent et la pièce parut perdre toute matérialité, comme si un vent muet, d'une force terrible, y avait pénétré et la mettait en pièces.

Un équipage nous emportait. Nous avions depuis longtemps quitté la tour, l'après-midi touchait à sa fin et le ciel était couleur de sang. Nous traversions une forêt aux arbres si hauts et au feuillage si dense que presque aucun rayon de soleil n'atteignait le tapis de feuilles, au sol.

Nous n'avions guère le temps de nous attarder dans ce lieu magique. Nous cheminions en rase campagne, longeant les lopins de terre cultivée qui entouraient le vieux village de Knorwood avec ses maisons à pignons et ses ruelles sinueuses. Nous aperçûmes les murs du monastère de Knorwood et la petite église qui sonnait les vêpres dans le jour déclinant. L'animation de ce lieu était grande : il y battait mille cœurs, mille voix y récitaient leur prière quotidienne.

Bien au-delà du hameau, sur la hauteur en surplomb de la forêt, se dressait la tour ronde d'un ancien château fort, et c'est vers cette bâtisse en ruine, simple coquille vide, que nous faisions route, alors que la nuit tombait hardiment. Nous parcourûmes des pièces vides, tels des enfants fougueux, ayant déjà oublié la route et les chevaux, avant de nous présenter devant le Maître des Lieux, créature décharnée au teint d'albâtre, qui se réchauffait près d'un feu crépitant dans un salon sans plafond, ouvert aux ciels. Il se retourna pour nous fixer de ses yeux étroits et scintillants. Une chose morte, je le compris, mais détentrice d'une magie hors de prix. Mon compagnon, mon innocent compagnon, me quitta pour se jeter dans les bras de son Seigneur. Je vis leur baiser. Je vis le jeune homme pâlir et je baissai les yeux. Devant moi se rejouait la scène à laquelle j'avais assisté, plus tôt cette nuit, dans ma propre chambre ; de cette étreinte mon compagnon se libéra, une main pressée sur son cou écorché.

Je compris. Je sus. Pourtant le château disparaissait déjà, englouti dans les brumes de mon rêve, comme tous les autres lieux auparavant, et nous étions dans une ruelle humide et exiguë.

Une puanteur insupportable m'assaillit, la plus pestilentielle des odeurs, celle de la mort. Cernée par l'écho de mes pas sur les pavés, je pris appui sur le mur. L'endroit était désert ; les portes et les fenêtres béaient au vent vagabond. D'un côté comme de l'autre de la venelle tordue j'aperçus des marques sur les maisons. Je savais ce qu'elles signifiaient.

La peste avait rendu visite au village de Knorwood. Suffoquée par l'effroi, je compris que personne, pas une seule âme, n'avait survécu.

Sauf une silhouette, à la démarche saccadée, qui remontait la rue étroite. Elle trébuchait, manquant de tomber à chaque porte qu'elle poussait. Enfin elle atteignit une maison où régnait une chaleur nauséabonde et où un enfant vagissait, par terre. Sa mère et son père étaient étendus, morts, dans leur lit. Le gros chat de la famille, épargné par le fléau, jouait avec le bébé, aux yeux exorbités dans son petit visage creusé.

— Arrêtez ! me surpris-je à crier, me tenant la tête à deux mains. Arrêtez, je vous en supplie !

Je continuai, persuadée que mes hurlements réussiraient à transpercer la vision, que cette masure disparaîtrait et que je retrouverais le cadre familier de Rampling Gate, pourtant il n'en fut rien. Le jeune homme se tourna vers moi mais, dans la pénombre de la minuscule pièce malodorante, je ne pus distinguer son visage.

Je devinai pourtant que c'était lui. Mon compagnon. Je pouvais sentir sa fièvre et sa maladie, ainsi que l'haleine fétide du bébé à l'agonie, tout comme j'apercevais le corps luisant du chat qui jouait avec la main inerte du petit.

— Arrêtez ! m'époumonai-je de toutes mes forces. Faites cesser ça !

Les plaintes de l'enfant noyaient mes cris.

— Je n'en ai pas le pouvoir..., murmura le jeune homme. C'est une plainte éternelle ! Elle ne cessera jamais !

Avec un gémissement aigu, je décochai un coup de pied au chat, que j'envoyai valser à l'autre bout de la pièce crasseuse. Après avoir percuté un seau de lait, il gesticula sur les dalles de pierre telle une bête démoniaque.

Blême et fébrile, mon compagnon me prit la main. Son gilet de lin grossier était mouillé de sueur. Il me força à battre en retraite dans la ruelle, à fuir le bébé en pleurs.

La mort dans le parloir, la mort dans les cellules, la mort dans le cloître, devant l'autel, dans les champs. Dieu en avait décidé ainsi, emportant les mille âmes du village de Knorwood. Je sanglotais, implorant la délivrance, tant la fin des temps me semblait proche.

Enfin la nuit tomba sur le hameau mort ; et il était encore en vie, gravissant la côte d'un pas mal assuré, traversant la forêt pour rejoindre cette tour ronde où le guettait le Seigneur, appuyé au rebord de la fenêtre.

— N'y allez pas ! le suppliai-je.

Je me lançai à ses trousses, secouée de sanglots, mais il ne m'entendit pas. J'avais beau m'échiner, je criais dans le vide.

Le Seigneur souriait presque avec tristesse en le voyant trébucher, en observant sa poitrine agitée du dernier souffle. Enfin le jeune homme remua les lèvres, réclamant son salut quand c'était la damnation que le Seigneur lui offrait.

— Que je sois damné, alors ! Au moins je vivrai, je respirerai ! s'écria-t-il, se redressant dans un ultime spasme.

Et le Seigneur, qui n'avait pas bougé jusqu'à cet instant, se pencha pour boire.

Encore ce baiser. Ce baiser mortel, vidant un corps sans vie de son sang. Puis le Seigneur souleva la lourde tête du jeune homme pour qu'il boive à son tour, qu'il se nourrisse de sang impur.

Je hurlai à nouveau : *Non, non, ne buvez pas !* Il inclina vers moi son visage. La mort avait si bien figé ses traits que je ne parvenais pas à croire qu'il lui restât un souffle de vie, et pourtant il m'interrogea : Que feriez-vous ? Retourneriez-vous à Knorwood pour ouvrir ces portes, l'une après l'autre ? Sonner la cloche dans l'église vide ? Et si vous le faisiez, les morts se lèveraient-ils ?

Il n'attendit pas ma réponse. Et je n'en avais plus à lui donner. Il avait déjà posé sa bouche innocente sur la veine qui palpitait d'un simulacre de vie sous la chair froide et translucide du Seigneur. Le sang vainquit, d'un seul trait, la fièvre et la maladie qui avaient fracassé le jeune corps, chassant avec elles son existence de mortel.

Il se tenait à présent devant la cheminée du Seigneur, seul. L'immortalité était sienne, tout comme la soif sanguinaire qu'il lui faudrait étancher. J'éprouvais de toute mon âme la profondeur de son appétit. Il promena les yeux sur les ruines autour de lui, sur le feu qui léchait les murs noircis de l'immense âtre, sur la nuit qui avait pris une infinité d'étoiles dans son filet.

Chacune de ces choses fut transfigurée dans son regard et dans le mien – puisqu'il dépendait entièrement du sien –, retrouvant son essence précieuse. Une voix muette s'élevait du voile céleste scintillant ; elle chantait dans le vent qui s'engouffrait entre les solives ; elle soupirait dans les flammes qui grignotaient la suie sur les parois en pierre.

C'était la mélopée insondable de l'univers qui retentissait partout, tandis que la dernière créature vivante – ce tout petit être – était réduite au silence dans le village, en contrebas.

Une douce brise éparpillait la terre des sillons fraîchement creusés dans les champs vides. Les cieux noirs s'ouvrirent pour laisser tomber la pluie.

Des années et des années s'écoulèrent. Et les vestiges de Knorwood se mêlèrent à la terre. La forêt dépêcha ses sentinelles silencieuses, et de puissants troncs s'enracinèrent à la place des cahutes, des maisons et de l'enceinte du monastère.

Il ne resta plus rien de Knorwood : ni cimetière, ni église, ni même un nom. Et cela me paraissait la plus grande des horreurs que le souvenir des mille âmes qui avaient vécu et trouvé la mort dans ce hameau insignifiant fût perdu à jamais, qu'aucune mention de cet endroit ne subsistât dans les grandes archives de l'histoire.

La mémoire de ce drame incombait à un seul être, qui en avait été témoin et qui contemplait à présent l'endroit précis où sa vie mortelle s'était achevée, lui qui s'était extrait, à quatre pattes, de cet enfer. Il s'agissait de mon compagnon. Le Maître de Rampling Gate.

Et les murs de ce vieux manoir gardaient la trace des pierres du château en ruine, ses plafonds et ses planchers, des branches des vieux arbres.

Cette bâtisse qui, aujourd'hui, paraissait solide et majestueuse, symbole de sûreté aux yeux des villageois, n'avait été que le plus faible des remparts contre l'horreur. Pourtant mon beau jeune homme s'y accrochait de toutes ses forces.

Une tristesse infinie m'envahit. Quelque part dans le tourbillon d'images auquel je m'étais abandonnée, j'avais perdu toute notion de moi-même. Dans un grand déferlement d'étincelles et de bruit, je repris à nouveau contact avec mes sens, comme je l'avais fait lorsque nous avions traversé la forêt, sauf que, cette fois, il s'agissait du monde présent. Il me semblait que nous filions dans la campagne sombre, le long de rails, en direction de Londres, gigantesque bulle qui éclatait en une pluie de rires, d'effervescence et de lumière. Il marchait avec moi sous les réverbères, le visage baigné de cette même innocence ténébreuse, de cette même amabilité séduisante. Et il me parut que nous étions blottis l'un contre l'autre au milieu d'une foule. Et que la foule était un être vivant, grouillant, et que, de toutes parts, nous étions assaillis par les arômes riches du sang frais. Des femmes en fourrure blanche et des messieurs en capes s'engouffraient dans le music-hall brillant de mille feux. Des flots de musique déferlèrent soudain sur nous, avant de refluer quand les portes se refermèrent. Seule une frêle voix de soprano subsista, entonnant une plainte. J'étais dans les bras de mon compagnon et ses lèvres rencontraient les miennes ; suivit aussitôt ce picotement lancinant, ce désir insondable qui s'épanouissait en moi. La soif, et la promesse d'apaisement, qui se mesurait à l'intensité de la première. Ensemble, nous nous élançâmes dans des escaliers, pour rejoindre des chambres hautes de plafond et tendues de damas rouge, où les plus belles femmes étaient alanguies sur des couches ; l'arôme métallique était si puissant à présent qu'il était plus dur que jamais d'y résister, d'autant que ces beautés s'offraient à moi, les bras grands ouverts.

— Buvez, me susurra-t-il.

Oui, boire. Une douce chaleur m'emplit, m'engourdissant et brouillant ma vision, jusqu'à ce moment où nous nous échappions à nouveau, libres, légers et, me sembla-t-il, invisibles, par-dessus les toits. La pluie ne nous touchait pas, pourtant, la neige fondue ne nous refroidissait pas, nous nourrissions en notre sein une source de chaleur intarissable. Dans la voiture, nous échangeâmes un flot de paroles exubérantes et précipitées ; nous étions amoureux ; nous étions éternels ; nous étions immortels. Nous durerions aussi longtemps que Rampling Gate.

Je voulus mettre un terme au sortilège. Sentant ses bras autour de moi, je sus que nous étions dans la chambre de la tour et qu'une terrible faute avait été commise.

— Ne me quittez pas, souffla-t-il. Ne comprenez-vous pas ce que je vous offre ? Je ne vous ai rien caché ; le reste n'est que dégoût, fièvre et agitation, pour citer le vieux Keats. Embrassez-moi, Julie, ouvrez-vous à moi. Je ne vous prendrai pas contre votre volonté...

Une fois de plus, je m'entendis crier. Sa peau était blanche et fraîche, ses lèvres pressantes bien que douces, ses yeux implorants et, pour toujours, jeunes. Père apparut dans la rue londonienne, sur le pavé luisant de pluie, et s'exclama :

— Julie !

Je vis Richard perdu dans la foule, comme à la recherche de quelqu'un, le rebord de son chapeau lui ombrant le visage, un visage hagard et vieux. Vieux !

Je chassai cette vision. J'étais libre ! Je sanglotais doucement et nous étions revenus dans l'étrange pièce en fatras de la tour. Posté devant la fenêtre, mon jeune amant se détachait sur les nuages pâles qui dérivaient au loin. La flamme des bougies se reflétait dans ses prunelles. Elles me semblaient immenses, tristes, sages et innocentes, oh ! combien innocentes, ainsi que je l'avais déjà répété à maintes reprises.

— Je leur ai révélé ma nature, dit-il. Je leur ai confié mes secrets. Rage ou amertume, je ne sais à laquelle je dois d'avoir fait d'eux mes complices. Toujours j'ai été victorieux. Ils ne pouvaient rien contre moi et vous ne pourrez pas davantage. Pourtant, ils ont fini par trouver le moyen de triompher. En me tourmentant avec leur plus belle fleur. Ne vous détournez pas de moi, Julie. Vous m'appartenez, au même titre que Rampling Gate. Apportez cette joie à mon cœur.

Au terme de nuits de disputes, Richard avait enfin baissé les armes. Il me cèderait sa part de Rampling Gate et je n'accepterais jamais, jamais, la démolition du manoir. Il serait dans l'impossibilité d'exécuter l'ordre de Père. Je lui avais donné l'autorisation légale dont il avait besoin et, naturellement, je prévoyais de leur léguer la propriété, à lui et ses descendants. Elle resterait toujours entre les mains des Rampling.

Une solution astucieuse, m'apparaissait-il, Père ne m'ayant pas directement adressé cette demande – aucun poids ne pesait sur ma conscience.

Richard fut contraint de m'accompagner à la petite gare et de me laisser rentrer, seule, chez nous, à Mayfair.

— Reste ici autant que tu le souhaites, lui dis-je, et n'aie crainte.

J'éprouvais pour lui une tendresse que je ne parvenais à exprimer.

— Tu as su dès que tu as posé le pied à Rampling Gate que Père avait tort, repris-je. Oncle Baxter avait, à l'évidence, l'esprit troublé. Mrs Blessington a toujours dit la vérité : cet endroit est inoffensif, Richard. Travaille et étudie en toute tranquillité.

L'énorme locomotive noire défila devant nous en rugissant avant de ralentir.

— Je dois y aller, à présent, mon cher. Embrasse-moi.

— Mais que t'est-il arrivé, Julie, pour que tu te sois décidée si rapidement ?

— Nous avons déjà dit tout ce qu'il y avait à dire, Richard. Seul compte notre bonheur à tous deux, mon si cher.

Nous nous étreignîmes.

J'agitai la main jusqu'à ce qu'il disparaisse à ma vue. Les lueurs vacillantes du village se perdaient dans le ciel lavande de la fin du crépuscule, et la silhouette sombre de Rampling Gate sembla, l'espace d'un battement de cils, n'être que le fantôme de lui-même, sur le promontoire voisin.

Je me laissai aller contre le dossier et fermai les yeux. Puis je les rouvris lentement, savourant ce moment tant attendu.

Il me souriait, rencogné depuis le début sur la banquette d'en face ; il se leva d'un mouvement leste et gracieux pour venir s'asseoir à côté de moi et m'enlacer.

— Il y a cinq heures de voyage jusqu'à Londres, me confia-t-il au creux de l'oreille.

— Je suis impatiente, dis-je, éprouvant la fièvre de la soif, pendant qu'il couvrait mes paupières et mes cheveux de baisers. Je veux chasser dans les rues de Londres dès ce soir.

Cette confession coûtait à ma timidité, même si je ne lisais que de l'approbation dans son regard.

— Belle Julie, ma Julie…

— Tu vas adorer notre maison de Mayfair.

— Oui…

— Et lorsque Richard aura fini par se lasser de Rampling Gate, nous rentrerons chez nous.

MAGGIE
STIEFVATER

# PORTRAIT

# LOUP, Y ES-TU ?

# LE DERNIER JOUR DU PRINTEMPS

# PORTRAIT

Mon oncle Pat fut le premier à être tué par l'une de mes peintures.

Il survécut encore cinq jours avant de mourir, mais dès le troisième, tout le monde le savait perdu. Je n'avais même pas fait exprès de le représenter. Je travaillais sur un paysage de ville – plutôt mauvais, parce qu'à l'époque, quand j'avais quinze ans, mes compositions étaient mélodramatiques et criardes à souhait – et, par le plus grand des hasards, l'un des personnages dans la rue en était venu à lui ressembler. À ce moment-là, bien sûr, je ne savais pas que ça le tuerait ; en fait, j'étais plutôt fière de mon œuvre.

J'habite au troisième étage de Trenton House. Au début, ils m'enfermaient à clef pour que je ne risque pas d'en sortir, mais c'est devenu superflu. Oui, c'est vrai, la caresse de l'herbe sous mes pieds nus, les coups de soleil attrapés à la plage et les promenades en voiture, toutes vitres baissées, me manquent, mais pas suffisamment pour me donner envie d'assassiner.

Mon père fut ma deuxième victime, puis vint le tour d'une députée locale que j'avais vue aux informations. Jamais deux sans trois, dit le proverbe, et, à ce stade-là, les choses étaient devenues claires. Ils auraient voulu que j'arrête de peindre, mais cela m'était impossible, j'aurais voulu cesser de tuer, mais ne le pouvais pas, et c'est pourquoi je me retrouve ici. Je dispose d'un ordinateur – mais avec seulement un traitement de texte, pour que je ne puisse entrevoir un visage par mégarde –, d'un poste de radio et d'un miroir déformant, qui reflète un autre miroir, qui lui-même renvoie l'image de la rue par l'intermédiaire d'une fenêtre percée très haut dans le mur. Je distingue le contour flou des voitures et, de temps à autre, la silhouette brouillée d'un jogger. La glace tord et déforme tout, et les couleurs y sont la seule chose vraiment intéressante à regarder.

Je vivais prisonnière de mon troisième étage depuis trois ans quand Matthew Gallagher arriva. Lorsque la porte s'ouvrit, je sursautai : j'avais passé tant de temps avec le seul bruit du frottement du monte-charge contre le mur.

Un masque noir comme celui de Zorro dissimulait à demi son visage, ne laissant apparaître qu'un nez busqué, une bouche qu'une cicatrice balafrant ses deux lèvres sur le côté gauche rendait intéressante et des yeux noisette sombre. À ce moment-là, j'avais déjà eu le temps de découvrir que la clef de voûte de la ressemblance réside dans les sourcils, mais tout de même, il ne manquait pas de courage de me dévoiler autant son visage. Qui sait de quoi j'étais capable, rien qu'avec ça ?

— Je suis Matthew Gallagher, annonça-t-il.

J'écarquillai les yeux. Portraitiste préféré du président, il avait peint toutes les stars et il était célèbre. À seulement vingt-cinq ans, il jouissait déjà d'une notoriété incroyable. J'avais lu un article sur lui, mais ma mère, bien sûr, avait découpé au préalable la photo.

— J'ai vu votre portrait de la députée Bosch, poursuivit-il en refermant soigneusement la porte derrière lui. Vous me semblez avoir des dispositions, et j'aimerais vous donner des cours.

— Des cours de quoi ?

— De botanique, répliqua-t-il du tac au tac.

Je lui lançai un regard noir.

— De peinture, bien sûr, reprit-il. Seriez-vous intéressée ? Voulez-vous devenir vraiment bonne ?

— En botanique, oui, répondis-je.

Sa bouche déformée esquissa un sourire.

— Je vais chercher mon matériel.

Assis côte à côte sur des tabourets jumeaux, projetant des ombres parallèles sur le vieux plancher de pin jaune tout usé de ma chambre, nous peignîmes donc de concert des paysages. J'imitais chacun de ses gestes, touche pour touche et couleur pour couleur. Il apportait chaque jour une nouvelle provision de peinture à l'huile et une vue différente, qu'il accrochait sur le mur de plâtre fané derrière nos chevalets. L'essence de térébenthine empuantissait l'air de la pièce, et le ronflement du ventilateur qui tournait sans cesse au plafond accompagnait en sourdine nos travaux.

Gallagher ne cessait de se plaindre amèrement.

— Je n'ai rien d'un paysagiste, maugréa-t-il un jour entre deux bouchées de biscuits aux céréales.

J'avais découvert qu'il carburait au Granola ; il en avait toujours un grand sac ou une grande boîte avec lui, et je doutais qu'il lui arrive de manger autre chose.

— Et moi je ne suis pas Mère Teresa, rétorquai-je. Vous vous attendiez à ce que je peigne quoi ?

— Je n'y avais pas vraiment réfléchi. Mon génie précède parfois de beaucoup mon planning. Un peu plus d'ocre, ici !

— Moi, je préfère sans, objectai-je.

— Mais c'est moi le professeur, et il se trouve que je vous apprends à l'employer.

J'ajoutai donc à contrecœur une touche d'ocre jaune à ma palette. De derrière son masque, Gallagher me fusilla du regard. La ligne de sa bouche trahissait sa déception.

— Vous auriez pu refuser, dit-il.

— C'est bien ce que j'ai fait.

Je détournai les yeux pour ne pas voir son expression.

— Une seule fois, cela ne compte pas vraiment. (Il appliqua une touche de peinture sur sa toile si violemment qu'il éclaboussa la mienne.) Vous devriez vous affirmer. Je ne suis que votre professeur, après tout.

— Mais un professeur extrêmement talentueux, universellement reconnu comme l'un des meilleurs portraitistes contemporains, et qui plus est, qui se soucie de moi, une meurtrière.

— Inutile de vous montrer si mélodramatique ! Et ce n'est pas pour autant que j'ai forcément raison.

Il se leva.

— Vous partez ?

Il n'était arrivé que depuis une demi-heure, et je voyais déjà le restant de la journée s'étirer interminablement devant moi, sans autre compagnie que les voix de la radio.

— Je dois faire en sorte que mon planning rattrape mon génie, dit-il.

Je le regardai ranger son matériel sans rien oser dire, car toutes mes pensées me semblaient à l'instant terriblement mélodramatiques. Je ne savais pas s'il s'en allait pour la journée, pour le mois, ou pour toujours, et l'idée de revenir à des heures et des heures de contemplation du miroir déformant m'apparaissait insupportable.

Mais qu'aurais-je pu dire pour le convaincre de rester, alors que je ne savais même pas pourquoi il était venu pour commencer ?

Je suivis son départ de Trenton House dans mon miroir déformant. Sa silhouette floue ôta son masque, s'installa dans la voiture et démarra, et je me remis à peindre et à regarder le monde se passer de moi. Qu'aurais-je pu faire d'autre ?

Il revint le lendemain, à ma grande joie – ce que je m'appliquai à lui cacher.

— Votre planning a rattrapé votre génie plus vite que je ne m'y attendais.

Il posa sur la table près de son tabouret un sachet de Granola.

— C'est bien pour ça qu'on dit de moi que je suis le meilleur, fit-il remarquer en tirant sur le bord de son masque pour mieux l'ajuster sur son nez. Vous comptez rester à me fixer avec ces yeux de merlan frit toute la journée ? Sortez plutôt votre matériel !

— Salaud ! murmurai-je, surtout parce que j'étais encore irritée de n'avoir pas su combien de temps allait durer son absence.

— Ce n'est pas exclu, admit-il.

Il tira de sa boîte à couleurs une pochette en papier du type de celles que donnent les photographes. J'entraperçus un visage et détournai aussitôt la tête, le cœur battant à tout rompre. Mes doigts s'étaient crispés sur le bord de mon tabouret.

— Oh ! épargnez-moi votre mélo ! me rabroua-t-il. Vous croyez vraiment que je veux faire de vous une meurtrière ?

Je me hérissai.

— À ma place, vous ne me trouveriez pas si mélo que ça. Il m'arrive encore de tuer, vous savez ! L'autre jour, sans m'en rendre compte, j'ai peint le facteur et, la semaine suivante, ma mère m'a montré sa nécrologie dans le journal ; et l'un de mes professeurs de collège, aussi. Il suffit que je…

— À moins que vous ne soyez Jésus-Christ, je vous garantis que vous n'enverrez ad patres aucune de ces personnes, dit Gallagher en me prenant d'une main par le menton et en faisant pivoter de l'autre mon visage vers les photos. Parce qu'il vous faudrait d'abord les ressusciter.

Je contemplai les photos, les sourcils froncés. Toutes montraient des portraits célèbres et anciens, des portraits de gens décédés depuis belle lurette. L'idée était géniale. Je sentis mes joues s'empourprer.

— Vous auriez pu me prévenir, avant de sortir tout ça. Vous aimez tant faire des mystères ! Je suis peut-être mélo, mais vous êtes bien trop théâtral.

— Qu'est-ce que vous entendez par là ? Théâtral, moi ? Pas du tout !

— Mais si ! Toute cette mise en scène - vous saviez que j'allais paniquer, en voyant des visages, mais vous ne m'avez rien dit. Et quand vous êtes venu pour la première fois, et que vous êtes entré en annonçant : *Je suis Matthew Gallagher, je viens vous enseigner la peinture ! Taratata !* Vous auriez pu m'écrire avant pour m'en parler. Mais non ! Vous aimez choquer et surprendre les gens, je me trompe ?

Il me regarda, et un large sourire que je ne lui avais encore jamais vu fendit la moitié inférieure de son visage laissée libre par le masque. Il accrocha le portrait d'une femme aux cheveux noirs au-dessus de nos toiles.

— Le secret de la force d'une peinture, expliqua-t-il, tient dans le fait que l'on peint ce qui existe réellement. Un appareil photo ne montre que l'apparence, mais une peinture révèle une partie de ce qui est. Dans une peinture réussie apparaît l'être tout entier – et c'est précisément ce qui vous rend si dangereuse, ma jeune protégée. Car comment vivre sans, quand on s'en voit dépossédé ?

La peau me picotait.

— N'avez-vous rien à me dire ? demanda-t-il.

— Vous n'êtes pas furieux que je vous aie traité de salaud ?

— Il arrive qu'il ne soit pas désagréable de s'entendre appeler autre chose qu'un génie, dit-il, et j'aime bien, à l'occasion, qu'on rende justice à mes autres qualités.

Mon anniversaire tombait un dimanche, ce qui voulait dire que j'allais le passer seule. Gallagher ne venait qu'en semaine, me laissant le week-end pour arpenter mon domaine et me livrer à la rêverie. Ses visites occupaient une bonne partie de mon temps, ma chambre s'emplissait peu à peu de portraits, et j'aurais dû m'estimer heureuse, mais je ne m'en sentais au contraire que plus insatisfaite. J'en avais assez de reproduire des portraits déjà peints par d'autres, assez de regarder l'image brouillée de Gallagher entrer dans sa voiture et partir vers le monde. Lui pouvait sentir la caresse de l'herbe sous ses pieds nus, attraper des coups de soleil sur la plage et conduire vitre baissée.

Ma vie n'en était pas une. Ce n'était qu'une ombre, une esquisse de vie.

Les heures s'étendaient, vides, devant moi. Je lançai brusquement mon tabouret à travers le miroir. Le verre vola en énormes éclats qui glissèrent sur le sol comme des plaques de glace acérée, et je vis que la distorsion du miroir était causée par un film collé sous la surface. Le reflet fidèle d'une portion du plafond avait surgi, là où il s'était arraché.

Aurais-je pu refuser, quand on m'avait proposé cette retraite ? Je ne me rappelais même plus si j'avais tenté de le faire.

J'ouvris la porte à toute volée, dévalai les escaliers, traversai en trombe le rez-de-chaussée et me ruai vers l'endroit où, dans mon souvenir, se trouvait la porte de derrière. J'étais obnubilée par l'image de la grande prairie qui descendait en pente douce vers la rivière. J'allais enlever mes chaussures, courir d'un bout à l'autre de l'herbe et revenir dans ma chambre avant le lendemain, avant que qui que se soit sache quel risque terrible j'avais pris.

Je poussai la porte et percutai de plein fouet Gallagher. Illuminé par la vive clarté de ce jour d'été, il rajustait son masque sur son nez busqué. Je n'étais pas sûre de ce qui me m'avait le plus secouée : sa présence, ou le choc de son corps contre le mien.

— Que faites-vous ici ? bafouillai-je, le souffle coupé.

— Et vous-même ?

— Je me rebellais, dis-je en reculant de quelques pas pour me donner le temps de réfléchir.

— Moi aussi, contre mes manières de salaud. Où alliez-vous ?

Comme il n'avait pas cherché à m'empêcher de sortir, je lui répondis.

— D'accord, dit-il.

Il tenait sous le bras son matériel de peinture et une toile d'un format imposant.

— Est-ce que je dois aller chercher…

— Non, pas aujourd'hui. Je ne vous en dis pas plus, ajouta-t-il devant mon regard intrigué, je fais des mystères.

Nous sortîmes ensemble de la maison. Gallagher s'arrêta au bord de la terrasse pendant que j'ôtais mes chaussures et les déposais sur le banc de fer, puis il me suivit sur l'herbe. Le soleil brûlait la peau pâle de mes épaules, le vent ébouriffait mes cheveux roux, et j'avais pour une fois l'impression d'être entrée dans le monde réel.

— Qu'allez-vous peindre ? Puisque vous n'avez (je contrefis sa voix) *rien d'un paysagiste* ?

Il pointa vers moi le bout de son pinceau.

— Un sujet qui m'attire depuis très longtemps.

— Et si je refusais ?

— Tout dépendra de si vous le faites une fois ou deux, répondit-il. Vous en avez l'intention ?

Je secouai la tête. Nous nous assîmes par terre, écrasant les longues herbes. Je m'appuyai en arrière sur mes mains et contemplai les colonnes de gros nuages blancs suspendus haut dans le ciel, tandis qu'il peignait. Il garda sa toile tournée de sorte que je ne puisse la voir, mais je l'imaginais tracer la ligne de mes yeux et l'arc de mes sourcils, ébaucher mon cou et poser délicatement une touche de rose sur mes joues.

Il esquissa enfin son habituel sourire satisfait, et je sus qu'il avait terminé, mais quand je fis un pas vers lui, son expression s'assombrit soudain. Écartant de moi la toile, il en frotta la surface de la main. Des restes de mon visage lui maculèrent le bras.

— Ça, pour le coup, c'était mélo ! dis-je.

— Comme si j'allais vous laisser voir votre propre visage ! rétorqua-t-il sans se dérider.

Malgré le temps splendide, et l'herbe qui, je le sentais, caressait mes jambes repliées, le soleil sur ma peau et le souffle du vent sur mon corps, des larmes me montèrent aux yeux, mais bien que je les sente perler, tremblantes, sur ma paupière inférieure, je refusai de les laisser couler. Je me levai.

— Il faut que je rentre.

Gallagher m'imita et posa doucement la main sur mon épaule. Elle me parut froide contre ma peau qui rougissait.

— Ne soyez donc pas si mélo ! Vous n'avez encore tué personne aujourd'hui, si je ne m'abuse !

Et il m'embrassa. Son baiser sentait les céréales et le cuir de son masque. Il s'interrompit pour le repousser un peu sur son nez, puis nous nous embrassâmes à nouveau.

— Il existe une solution, déclara-t-il enfin. Si vous avez un tigre mangeur d'hommes, rien ne vous oblige à le mettre en cage. Il suffit de l'éloigner des hommes.

— Vous en êtes un, lui fis-je remarquer.

Son étreinte m'enivrait. Mon visage et ma chemise étaient barbouillés de peinture à l'huile.

— Des autres hommes, rectifia-t-il.

Quand le ciel commença à s'assombrir et l'air à fraîchir, il rangea son matériel et je récupérai mes chaussures.

— Il vous faudra travailler sérieusement demain, dit Gallagher. Je vous ai laissée vous en tirer à bon compte, cette fois-ci.

Je lui souris, et nous nous quittâmes. Lui se dirigea vers sa voiture et moi vers les escaliers. Je savais ce qu'il faisait, derrière mon dos, tandis que j'ouvrais la porte, pour l'avoir observé dans le miroir chaque fois qu'il partait : il ôtait son masque, l'accrochait au rétroviseur et démarrait. Juste derrière moi se tenait Matthew Gallagher, l'homme qui m'avait embrassée, et mon cœur battait la chamade à l'idée du danger encouru. Un bref coup d'œil suffirait à me dévoiler son visage. Non, en aucun cas. Cela ne devait jamais se produire.

Mais je regardai tout de même.

La voiture s'éloignait dans l'allée. Derrière la vitre, je vis son nez busqué, la vilaine cicatrice qui lui barrait les lèvres et l'excroissance de peau qui saillait sur sa joue. Et je surpris ses sourcils, qui, en atténuant l'arrogance de ses traits, me le montraient sous son jour véritable.

Je ne pensais plus qu'à peindre ce visage.

Cinq jours. C'était toute leur espérance de vie, une fois que j'avais fait leur portrait.

Je ne sais comment Gallagher me retrouva le lendemain matin, car je n'avais pas laissé de message et l'herbe de la prairie s'était redressée après mon passage. Rien de moi ne dépassait du bord de la barque dans laquelle, étendue, je contemplais le ciel au-dessus de ma tête. Les eaux me berçaient lentement, inlassablement.

— Que faites-vous ? me demanda-t-il.

— Je meurs, lui répondis-je.

— Ne soyez donc pas si mélo ! m'admonesta-t-il, car il ne m'avait pas encore vue.

Je lui laissai un instant pour parcourir du regard la longueur de la barque jusqu'à l'endroit où se dressait, appuyé contre le gouvernail, mon premier autoportrait. Mon être tout entier était prisonnier de la toile : moi sans mon venin, logé dans les pigments.

Et c'était, grâce à lui, le meilleur de mes tableaux.

# *LOUP, Y ES-TU ?*

*Cette fois-ci, je passe la main pour de bon, parce que je suis actuellement en tournée en Grande-Bretagne pour* Frisson *et que, depuis une semaine, je n'ai pas une minute à moi, avec tout ce qu'il se passe ici. Je n'ai eu accès qu'épisodiquement à un ordinateur portable ou à Internet, et c'est la toute première fois que je n'ai pas écrit d'histoire pour les Merry Sisters of Fate.*

*Alors, je vous livre à la place la nouvelle qui est à l'origine de Frisson, telle quelle, non corrigée, et sans doute plutôt mauvaise (je ne l'ai pas relue depuis que je l'ai écrite, au sortir d'un rêve particulièrement vif sur des loups dans une forêt enneigée). Et donc, sans plus de cérémonie, voici « Loup, y es-tu ? »*

Post-scriptum *: je viens de relire le texte, et c'est vraiment étrange de voir comment j'ai transformé la mythologie, les personnages et le langage, tout en conservant certaines tournures de phrase.*

Maggie Stiefvater

Je me souviens être étendue dans la neige, petite boule de chaleur rouge se refroidissant peu à peu, et ils me léchaient, ou me dévoraient, peut-être, je ne savais pas très bien. Tout ce que je sais, c'est que le corps des loups qui se pressaient autour de moi, l'échine étincelante de givre, interceptait le peu de chaleur que le soleil avait à offrir. Puis j'ai sombré, je me suis perdue dans une immensité glacée, avant de revenir à moi et à un monde de chaleur.

Du jardin derrière notre maison, je l'ai revu par la suite, à l'orée des bois – celui qui avait fourré son museau dans ma main et l'avait appuyé contre ma joue, au lieu de chercher comme les autres à me dérober avidement ma chaleur. Lorsqu'au crépuscule, je m'attardais dehors à me balancer sur le pneu accroché à l'arbre, je le sentais parfois me fixer du regard, et je tournais la tête juste à temps pour le voir s'éclipser dans le sous-bois.

Quoique jeune, il était déjà grand, et bien assez fort pour m'arracher à ma balançoire, s'il l'avait voulu, mais jamais je n'ai eu peur de lui. Je craignais par contre la louve qui l'accompagnait souvent. Plus furtive encore, elle me guettait – ou plus exactement, me regardait le regarder, et je lisais la faim dans ses yeux d'un jaune pâle.

Au fur et à mesure que mes angles se muaient en courbes, que mon corps grandissait et me propulsait dans l'adolescence, que j'en venais à ne plus me balancer sur le pneu, mais à m'y installer pour lire, lui gagnait en âge et en maturité. Son jeune pelage irrégulier était tombé, remplacé par un splendide collier d'une fourrure qui paraissait toute douce, le bleu de bébé de ses yeux avait viré au jaune fauve, et leur curiosité cédait maintenant le pas à la défiance. Mais il ne me faisait toujours pas peur.

Il me fascinait, et cela semblait réciproque. Si je n'avais su que les loups gardent le même partenaire toute leur vie – et cette femelle affamée ne pouvait être que sa compagne –, j'aurais presque cru à un flirt entre nous. Jeune et romanesque, je me prenais à rêver, je me racontais de grandes aventures au cours desquelles je me transformais la nuit en loup et m'enfuyais avec lui dans une forêt d'or, où jamais il ne neigeait.

Par un soir orangé, alors que sur mon pneu, je lisais la légende du roi Arthur, j'ai soudain senti un museau sec se fourrer dans ma main puis effleurer ma joue. Je me suis aussitôt figée sur place, de crainte de l'effaroucher, mais en vain : il avait disparu avant même que je tourne les yeux.

Puis je l'ai vue, elle, et de la lisière du bois, elle m'a lancé un grognement.

De longues semaines s'écoulaient entre les visites de mon loup, et je ressentais tout aussi vivement son absence que sa présence. Mais le soir, quand je lisais dans le jardin, il arrivait maintenant que la louve et lui ne soient plus les seuls à me guetter : un mâle d'une carrure imposante et dont le museau commençait juste à blanchir se faufilait entre les arbres sans jamais me quitter du regard, et, malgré sa taille, s'éclipsait en silence, comme mon loup.

Un autre, mince, au poil noir mêlé de fauve, m'observait également, mais de loin, et je lui savais gré de garder ses distances. Sa fourrure brillait par éclats entre les arbres comme les écailles d'un poisson. Tout en lui – son pelage terne et hirsute, la déchirure de son oreille, son unique œil chassieux – tout indiquait un corps malade, et le blanc de son œil, qu'il roulait sauvagement, suggérait lui aussi un esprit dérangé.

Puis, un soir, avant le début des vacances de Noël, la louve a surgi de nouveau entre les arbres dénudés. Elle s'est approchée sans plus pouvoir se dissimuler derrière leurs branches squelettiques. Je l'observais, invisible, depuis la fenêtre du salon. Un loup est venu la rejoindre. Ce n'était pas le mien, il avait les épaules plus larges et presque noires.

Il a pressé son museau contre celui de la louve d'un geste affectueux, et l'infidèle a tourné les yeux vers la maison avant de l'imiter.

Les vacances de Noël m'ont tenue éloignée de la forêt, mais les cadeaux, les repas de fête et les étreintes de ma grand-mère n'ont pu chasser les loups de mon esprit.

Je n'ai revu le mien que lorsqu'il a neigé pour la quatrième fois de la saison. Tout doucement, piétinant à pas feutrés la poudreuse, il est venu vers moi et mon bonhomme de neige inachevé.

— Tu as faim, loup ?

Il en avait l'air, avec toutes ces côtes saillantes. J'ai tiré un biscuit de ma poche et le lui ai lancé. Mon geste l'a fait fuir aussitôt, mais quand j'ai relevé les yeux, le biscuit avait disparu et, à la lisière du bois, mon loup se léchait les babines.

Puis la louve s'est matérialisée près de lui, aussi discrète qu'un fantôme, et m'a fixée du regard.

— Je connais ton secret, lui ai-je déclaré.

Elle a grogné en montrant les dents et elle a filé, mais mon loup, lui, s'est attardé. Il s'enhardissait avec l'âge et devenait plus téméraire, même en l'absence de sa protectrice.

— Je sais bien que tu n'as d'yeux que pour moi, lui ai-je dit en souriant.

Il a baissé la tête et remué une fois la queue, avant de s'esquiver entre les arbres.

Le jour le plus froid de l'année, j'étais seule à la maison. Soudain, j'ai entendu des cris, de ceux qui donnent la chair de poule et font perler des larmes au coin des yeux. J'ai attrapé le 9 millimètres de mon père posé tout en haut du placard de la cuisine, enfilé mon manteau et franchi la porte en un temps record.

Je craignais ne pas pouvoir localiser la source du bruit, dans la pénombre montante, mais je m'inquiétais pour rien. Le temps que je progresse en dérapant sur la neige verglacée entre les arbres, les cris avaient cédé la place à un hurlement aigu et continu. Je redoutais de glisser, de tomber, et qu'un coup de feu ne parte par erreur.

Les arbres se succédaient sans fin dans une monotonie invariable, et le hurlement perçant, inhumain, s'étirait interminablement dans la nuit immobile.

C'est alors qu'il s'est tu.

Plus un bruit dans les bois. Le gel avait comme pétrifié toute trace de vie sous une couche de verre mort.

Mais cela n'importait plus, car, devant moi, j'ai vu la femme. Un papillon cramoisi se déployait près de son corps, la neige fondait à son contact.

Elle était morte, un état de choses incontournable et d'une évidence si affreuse que, par la suite, je n'ai rien su en dire, sinon qu'un loup l'avait tuée.

Je n'ai pas couru jusqu'à la maison, même si l'instinct m'y poussait, car courir était signe de peur, et la peur une faiblesse. Je ne savais pas précisément combien de balles contenait mon arme et doutais de pouvoir faire mouche, avec mes mains engourdies par le froid. Je suis donc revenue sur mes pas, entre les arbres nus comme des os. Du coin de l'œil, je surprenais parfois dans le sous-bois l'éclair d'un mouvement, comme un poisson dans l'eau.

Puis la police est arrivée, avec des torches, des fusils et des voix rassurantes. Ils m'ont appelée Madame, moi qui n'étais que demoiselle, et se sont enfoncés entre les arbres, brisant le silence des bois glacés. Ils n'ont trouvé qu'une poignée de neige ensanglantée et sont revenus bredouilles.

Les recherches pour localiser le corps ont duré des semaines et ont chassé les loups de ma porte, mais la police n'a découvert qu'un silence écrasant. Après son départ, une nouvelle louve est apparue. Elle était libre de parcourir à son gré les mystérieux sentiers invisibles que ses congénères tressaient entre les arbres, mais je lisais pourtant dans ses yeux l'enfermement et la terreur.

Quelques jours plus tard, mon loup a resurgi, tout seul, et je me suis sentie déchirée entre soulagement – il ne m'avait pas oubliée – et colère.

Dans la neige qui fondait, je me suis plantée devant lui. En tendant la main, j'aurais pu toucher son splendide collier de fourrure.

— C'est toi qui l'as tuée ?

Le son de ma voix ne l'a pas fait fuir. Il est resté figé comme une statue.

— Je ne peux pas oublier ses cris !

J'ai failli dire *les cris de cette femme*, mais ça aurait rendu les choses encore plus insupportables.

Puis mon loup a fermé les paupières d'un geste incroyable, qui allait à l'encontre de tout instinct lupin. Lui qui m'avait guettée pendant des années de son regard étincelant, sans jamais ciller, se tenait maintenant devant moi, figé dans une attitude de douleur quasi humaine, les yeux clos, tête et queue basses.

Je n'avais jamais rien vu d'aussi triste.

Lentement, bougeant à peine, je me suis approchée de lui. Ses oreilles ont tressailli. Je me suis accroupie tout près, dans l'odeur musquée et sauvage de sa fourrure et la chaleur de son haleine.

J'ai alors fait ce dont j'avais toujours rêvé : j'ai posé les doigts sur son poil rude et épais, et, comme il ne bronchait pas, j'ai plongé les deux mains dans sa fourrure. En surface, elle était plus rêche que je ne m'y attendais, mais je sentais au-dessous un duvet aussi fin que celui d'un poussin nouveau-né. Il a pressé sa tête contre moi en grondant à mi-voix, sans rouvrir les yeux, et je l'ai serré dans mes bras comme un vulgaire chien domestique.

Un mouvement a soudain attiré mon attention : au loin se tenait le noir et fauve et, à la lisière du bois, la vieille louve, aux yeux brûlant d'une violente fureur.

J'ai compris à la vibration qui montait le long de mon corps que mon loup s'était mis à grogner. La louve a fait un pas vers nous avec une audace inhabituelle, et il s'est contorsionné dans mes bras pour lui faire face.

Elle n'a pas émis le moindre son, et son silence était pire que tout : un loup aurait dû gronder. Mais elle se contentait de nous fixer tour à tour d'un œil chargé de haine.

Depuis sa retraite entre les arbres, le noir et fauve nous observait, immobile. Toujours grondant, mon loup s'est pressé plus fort contre moi et m'a obligée à reculer d'un pas, puis d'un autre. Nous avons battu en retraite jusqu'à la maison. J'ai trouvé à tâtons la poignée de la porte derrière moi et je suis entrée à reculons. Puis la louve et le noir et fauve se sont évanouis comme des esprits dans les bois, et mon loup s'est éclipsé dans l'obscurité.

Des semaines ont passé. Les loups ont déserté les bois pleins d'oiseaux juste assez grands pour couvrir la paume de ma main et de jeunes bourgeons verts qui sentaient le printemps. Je vivais des jours affreux : je ne voulais pas retourner dans la forêt peuplée de toutes sortes d'animaux, mais je craignais en m'éloignant de manquer mon loup à son retour. Et de quoi la vieille louve, dans sa fureur, ne serait-elle pas capable ?

Mes parents sont partis sans moi pour leur congé de printemps, et je suis restée seule pendant trois jours dans une maison aussi vide que la forêt. Un sentiment d'urgence a fondu sur moi le deuxième jour, tel un maître incertain, et m'a chassée dans les bois, sac au dos et arme à la main pour me donner du courage. Ce n'était déjà plus l'endroit désolé des mois précédents, quand les cris m'y avaient attirée : une verdure luxuriante recouvrait les arbres, des plantes grimpantes pendaient des branches, les oiseaux indifférents lançaient leurs trilles, et les insectes stridulaient dans un bruit de fond vibrant.

Je traversais pourtant le même bois, guidée par les mêmes cris, bien que je fusse seule à les entendre.

Je l'ai trouvé recroquevillé au pied d'un bouleau. Il gémissait doucement. Il était nu, et son magnifique collier de fourrure avait disparu, mais je l'ai reconnu avant même qu'il n'ouvre les yeux. En m'entendant approcher, il a soulevé les paupières, dévoilant ses pupilles d'or pâle, mais il n'a pas bougé. Du rouge s'étalait de ses oreilles à ses épaules, telle une peinture de guerre mortelle.

Je me suis accroupie, j'ai posé l'arme sur l'herbe et j'ai fait glisser mon sac de mon dos. J'ai sorti une serviette éponge imprimée de canards souriants, ôté délicatement sa main pressée contre sa blessure et, appuyant la serviette sur son cou, j'ai écarté de ses yeux les mèches de cheveux maculées de sang. Ils avaient changé, leur férocité était adoucie d'une compréhension nouvelle.

— Je ne veux pas repartir !

L'angoisse atroce qui perçait dans ses mots m'a aussitôt rappelé le loup qui, devant moi, paupières closes, restait figé dans un chagrin muet.

— Si… si je recommence à me transformer, laisse-moi mourir !

Non, il n'allait pas mourir. J'y avais bien survécu.

— N'aie pas peur !

Il a frémi, a fermé les yeux.

— Je n'arrêtais pas de te surveiller, pour voir si tu changeais, pour t'aider quand ça t'arriverait, mais ça ne t'arrivait jamais.

Je me suis rappelée tous ces après-midi où je me racontais que j'étais loup et que je partais pour de grandes aventures avec lui.

— Tu as pourtant été mordue. Tu aurais dû te transformer, comme nous tous.

J'avais encore les cicatrices sur le cou. J'ai repensé à la langue des loups, à leurs dents, à sa truffe pressée dans le creux de ma main et contre ma joue ; puis je l'ai revu lutter pour s'extraire de son enveloppe lupine et m'emporter loin des yeux affamés, jusqu'à la maison, jusqu'à la vie.

J'ai senti l'espoir dans sa voix.

— Je ne crois pas qu'il existe un remède, ai-je dit doucement. C'est pour ça que tu ne me quittais jamais des yeux ?

Il a frissonné de nouveau.

— Au début, oui.

J'ai placé sa main sur la serviette et je l'ai laissé la tenir, puis j'ai rangé le pistolet dans le sac à dos, que j'ai posé près de l'arbre ; je comptais revenir le chercher plus tard.

— À mon tour de te sauver la vie !

Je me suis arc-boutée et je l'ai soulevé sur mes épaules. Il était lourd, mais pas autant qu'il aurait dû, et léger pour moi, compte tenu de ce dont j'étais capable.

Un mouvement comme un éclair. La louve se tenait à quelques mètres et me fixait du regard.

J'ai senti sur mes épaules tressauter son corps d'humain sur le point de succomber dans sa lutte incessante. La louve a avancé d'un pas. Elle n'entendait pas se priver du spectacle de sa mort, lui qui l'avait délaissée.

Alors j'ai fait un pas, j'ai retroussé les lèvres et j'ai grogné, pour qu'elle sache enfin qu'elle s'était laissé abuser trop longtemps par la constance de ma peau.

# LE DERNIER JOUR DU PRINTEMPS

Aussi loin que remontaient mes souvenirs, les Papillons avaient régné sur le printemps. On nous répétait toujours de ne pas les toucher, parce que ça faisait mal.

— À qui ? demandai-je à ma mère. À eux ou à nous ?

J'étais minuscule à l'époque, un fac-similé de garçon pas plus épais qu'une feuille, qui ne laissait rien présager de ma stature à venir, quasi légendaire. Ma mère portait le long sweater de coton fin qu'elle mettait tous les jours, du moins à en croire mes souvenirs. Elle m'écarta d'eux et m'entraîna en me tirant par la main.

— Quelle question stupide, Mark !

C'était le premier jour chaud du printemps, et les Papillons étaient sortis par nuées entières. Splendides, brillants, sans plus rien de commun avec les créatures informes de leurs cocons, ils s'agglutinaient dans les deux parcs de Perséphone, formaient des essaims autour des arbres le long des rues, restaient prisonniers des fleurs qui poussaient au milieu de l'autoroute et s'emmêlaient dans les cheveux de leurs semblables.

Ma mère ne m'avait pas vraiment répondu et, de dépit, j'en saluai un.

— Bonjour ! me dit-il gaiement.

Ses cheveux étaient enflammés de soleil et son sourire illuminé de plaisir à ma vue. Les Papillons aiment les enfants comme nous les aimons, et je me demandai si on leur avait recommandé, à eux aussi, de ne pas nous toucher.

— Mark ! m'admonesta ma mère, sans plus se soucier de chuchoter.

— Maman ! répliquai-je hardiment.

Je ne manquais jamais de courage, quand il ne s'agissait que de mots.

— Qu'est-ce que je viens de te dire ?

— Parler n'est pas toucher.

Elle m'éloigna d'une secousse du Papillon roux.

— Ça y ressemble déjà trop ! Je dirai à ton père que tu t'es montré insupportable, aujourd'hui, et qu'est-ce qu'il se passera alors, à ton avis ?

Par-dessus mon épaule, je regardai le Papillon. Il chantait pour un groupe de Papillons filles, et le ravissement candide de son visage avait cédé la place à une expression plus tendue.

Comme ma mère n'avait pas répondu à ma question, je ne répondis pas non plus à la sienne.

Je les vis peu le printemps suivant, car mes parents m'avaient inscrit dans un établissement catholique. Non seulement je devais m'y rendre tous les jours – alors que les Papillons, bien sûr, n'allaient pas à l'école – mais il me fallait aussi assister à la messe deux fois par semaine, et s'il y avait un endroit où ils ne mettaient jamais les pieds, c'était bien l'église.

— Est-ce parce que ce sont des démons ? interrogeai-je un jour ma mère.

— Non, me répondit-elle. Demande aux sœurs !

Je posai donc la question à sœur Thérèse, qui m'affirma que les Papillons étaient des animaux, ou des anges, ou quelque chose entre les deux, et que je ne devais pas me tracasser, mais juste savoir qu'ils étaient communément dépourvus d'âme. Il n'y aurait pas de Papillons au paradis.

— Mais au paradis, il y aura quand même des insectes ?

— Peut-être, concéda-t-elle.

Elle m'aimait bien et savait que les bestioles m'intéressaient, elle croyait sûrement être gentille avec moi.

Comme leur nom le suggérait, les Papillons ressemblaient beaucoup à des insectes. Somme toute, ne sortaient-ils pas d'un cocon pour ne vivre que trois jours ?

— Alors, pourquoi pas les Papillons ? insistai-je.

Par deux fois, ses lèvres s'écartèrent, puis se rapprochèrent.

— Parce qu'ils ont été créés à l'image de Dieu, Mark, répondit-elle finalement, et qu'ils ont choisi de le nier.

Plus tard dans la journée, je tentai d'en convaincre un, une fille à peine éclose, encore luisante et toute humide, de m'accompagner dans l'église vide. Elle me laissa lui prendre la main, et je restai là un instant, tout tremblant d'excitation devant l'illicite de la chose – toucher un Papillon, à moins de deux mètres d'une église ! Sous sa peau lisse et mouillée, je sentais les os de sa main légère comme un oiseau ; elle était brûlante, et son pouls battait contre moi à la base de sa paume.

— Ta main est si froide ! me dit-elle.

— En fait, c'est la tienne qui est chaude !

Elle avait des yeux d'un brun noisette brillant, très grands et ronds comme ceux de ces tout petits chiens qu'on a toujours peur de casser, et j'étais taraudé par le besoin de faire entrer ce Papillon-ci au paradis, après sa mort.

— Chaude ou pas, c'est toujours une main ; la tienne comme la mienne, je veux dire.

Elle avait raison. Mis à part sa peau pâle, trop jeune pour avoir eu le temps de bronzer, et ses longs, très longs cheveux étalés sur son dos comme des ailes toutes neuves, rien ne la désignait comme un Papillon.

— Tu devrais venir à l'église, lui dis-je. Dieu y est, et je voudrais qu'Il te voie.

— Je ne suis pas censée entrer là-dedans. On m'a dit que ça ferait mal.

— Ce n'est pas si terrible, sauf si le sermon dure trop longtemps.

Elle m'adressa un sourire malicieux.

— Je ne suis pas très douée pour rester assise sans bouger.

C'était une conversation si ordinaire, si humaine ! J'avais imaginé qu'elle parlerait plus comme un insecte, comme une enfant. Mon moi de huit ans comprit soudain qu'il tenait la main d'une adulte, d'un être à mi-chemin entre naissance et mort, et je flanchai. Je la laissai retomber et m'enfuis. J'étais un lâche.

Trois ans plus tard, il fit trop froid pour les Papillons, et la plupart d'entre eux moururent avant même de commencer à vivre, corps desséchés, gelés dans leurs cocons funéraires de papier. Ceux qui malgré tout subsistèrent étaient encore plus affamés que les années précédentes, et, bien que moins nombreux, semblaient omniprésents.

Cette année-là, j'appris un nouveau mot pour Papillon : catin.

Le temps que j'entre à l'université, la vie des Papillons et la mienne s'étaient organisées. Un notable de la ville avait conçu des abris au toit de verre, et les matins macabres après les gelées tardives se faisaient plus rares. De leur côté, mes parents avaient fini par comprendre que la seule façon de m'obliger à rester à l'université était de me confisquer ma voiture et de me fournir un logement.

Nous avions donc tous un toit.

C'était le second semestre, celui du printemps, et les cours commençaient tout juste à devenir odieux, quand le temps changea. Et ils apparurent subitement, comme tous les ans : un jour, il n'y en avait pas, le lendemain matin, ils étaient là.

Quand j'étais étudiant, les Papillons me procuraient un plaisir différent de quand j'étais enfant. Plus je grandissais et plus je trouvais facile de distinguer quel jour ils vivaient. Jour un : naissance, découverte, innocence. Jour deux : quête effrénée d'autres Papillons, désir fou de poursuivre et d'être poursuivi. Jour trois : tissage des nouveaux cocons, puis compte à rebours jusqu'à la mort.

Cela me semblait une vie si futile ! Tant d'agitation, tant de frénésie, pour périr avant même la fin du week-end !

Mais, accaparé par les cours, les examens, et un campus plein d'étudiantes, je n'avais guère le loisir d'y songer. Je ne m'y attardais vraiment que lorsqu'il me fallait enjamber un corps, à peine créé et déjà exténué, gisant en travers de l'entrée de mon immeuble.

À ce moment-là, c'était plutôt difficile à éviter.

Lors de ma dernière année à l'université, je transgressai la règle maternelle.

Le printemps s'achevait, la saison des Papillons révolue. L'été approchait furtivement du campus, étirait les journées, dérobant la menace de la nuit. L'année allait bientôt se terminer, j'allais rejoindre les rangs des diplômés, et le monde réel me happerait et ferait de moi l'un des siens.

Et pourtant, il y avait cette jeune fille Papillon, à peine née, encore mouillée, et ses grands yeux noisette. Sans personne de son espèce contre qui se blottir, elle restait assise sur le trottoir, les bras autour des genoux remontés jusqu'au menton.

Je passai d'abord sans m'arrêter, comme je l'avais fait toutes les années auparavant, et déjà des centaines de fois cette année-ci. Mais cette fille Papillon était seule, et près d'elle gisait le corps d'une de ses compagnes.

Je m'arrêtai.

Je me montrais facilement courageux, quand il ne s'agissait que de mots.

— Bonjour ! lui dis-je.

Elle leva la tête vers moi.

— Salut !

Elle me rappelait quelqu'un, onze ans auparavant, quelqu'un qui me tenait la main et regardait l'entrée d'une église.

— Viens prendre le petit déjeuner avec moi, lui proposai-je.

Nous allâmes donc déjeuner ensemble. Nous nous assîmes dehors, et elle sirota un jus de fruit, tandis que je créais une tornade avec ma cuillère dans une tasse de café. Je m'aperçus alors que j'avais séché le cours de Civilisation occidentale II.

— Tu n'en as pas assez, à la fin ? me demanda-t-elle. Si ça ne t'ennuie pas que je te pose la question ?

Je cillai.

— Assez… ? Assez de quoi… ?

Elle eut un geste circulaire de la main.

— De tout ce temps dont tu disposes. À quoi tu peux bien l'employer ?

Je la regardai, perplexe.

— À vivre ? Faire la fête ? Devenir sage et prodigieux ?

— Et tu l'es devenu, sage et prodigieux ?

Elle se moquait de moi. Je ne la connaissais pas depuis deux secondes qu'elle se payait déjà ma tête. Elle n'avait pas tardé à arriver, à mon sujet, aux mêmes conclusions que mes parents.

— Je suis en bonne voie. Et toi ?

— Naturellement, dit-elle. Je suis sage et prodigieuse depuis déjà plusieurs heures.

Et elle sourit derechef, de ce même sourire malicieux qui me rappelait le Papillon aux portes de l'église.

— Tu n'as pas peur de mourir ? lui demandai-je.

Je pensais au Papillon mort à ses côtés, à son expression indéchiffrable quand elle s'était levée et l'avait regardé, avant de le quitter.

— J'ai encore bien le temps, répondit-elle en haussant les épaules. Merci pour le jus de fruit ! Tu voudrais aller danser ?

J'aurais dû refuser, moi qui avais plus de deux jours à vivre, mais elle me tendit la main.

Nous allâmes donc danser. D'abord sur la pelouse du campus, à la musique du mauvais groupe qui jouait un concert gratuit à l'autre bout ; puis sur le trottoir, à celle qui sortait des vitres entrouvertes des voitures ; et plus tard, quand vint la nuit et qu'elle prit de l'âge, chez moi.

Nus, on ne pouvait distinguer lequel serait mort avant le week-end.

Le matin venu, la culpabilité me pinçait le torse comme un pull trop serré, et nous nous rendîmes à l'église. Mon amie ne prit pas feu, mais eut simplement l'air de s'ennuyer et d'être contrariée de devoir rester confinée à l'intérieur. En sortant, elle me demanda pourquoi j'y allais.

— Pour ne pas finir en enfer, quand je serai mort.

Nos doigts étaient entrelacés et, de temps à autre, elle passait son bras derrière mon cou et m'embrassait ; à ces moments-là, nous gardions tous deux les yeux ouverts, pour que je puisse voir ses prunelles noisette.

— Comment on arrive en enfer ? me demanda-t-elle.

— En faisant quelque chose d'affreux.

— Moi, je ne saurais pas, dit-elle. Je suis désespérément bonne.

Elle n'était pas dans les parages depuis assez longtemps pour avoir eu le temps de faire quoi que ce soit d'affreux.

— Tu n'as pas peur de ce qu'il va se passer après ? lui demandai-je.

Elle m'embrassa à nouveau mais, cette fois, sans poser ses lèvres sur les miennes ; elle se contenta d'appuyer son front contre moi, et nous restâmes immobiles, embaumant pareillement les fleurs et la danse.

— Je reviendrai, me dit-elle. Vous aussi, vous revenez, si vous n'allez pas en enfer ?

— Non. Je crois qu'on reste mort.

— Pourquoi tu pleures ?

Elle était morte au matin.

— Je me sens vieille, m'avait-elle confié pendant la nuit. Ma jeunesse me manque.

Les bras enroulés, serrés sur la poitrine, elle ressemblait déjà à ces momies de Papillons qui jonchaient l'herbe sous les sycomores du campus. Sauf qu'elle était chez moi, recroquevillée dans mes bras.

À moi aussi, ma jeunesse me manquait.

Mais moi, j'avais encore des milliers de jours à vivre.

TESSA GRATTON

# LE CAVALIER AMOUREUX

# VAMPIRE EN CAGE

# LE CAVALIER AMOUREUX

J'ai scellé sa condamnation d'un baiser.

La pièce s'était mise à tourner pendant que je dansais avec lui ; Ichabod me serrait, plus que de raison, entre ses longs bras. Les joues colorées par la joie et l'alcool, j'avais suffisamment desserré mon corset pour pouvoir rire, respirer librement et grignoter tourtes ou friands sans risque. Tous les villageois étaient réunis pour célébrer la fin de la moisson et, pour l'occasion, on avait mandé un orchestre d'Ebenstown. Les airs de violon, ponctués par les tambours, mais aussi les mains et les pieds battant en rythme, faisaient vibrer la maison de Père et montaient telle une brume de chaleur vers les poutres. La lumière était orangée et éclatante, et je percevais l'odeur de la sueur sous les effluves capiteux de cannelle, de citrouille et de beurre chaud.

Le tissu de la veste d'Ichabod avait beau me râper les doigts, je m'accrochai à lui, bien consciente qu'à tout instant, d'une seconde à l'autre, le morceau se terminerait. Je m'éclipserais d'une révérence, pour danser avec un nouveau cavalier, Peter Folms, M. Van Sutton ou Bram. Oui, sans doute avec Bram. Je fermai les yeux pour m'abandonner entièrement à Ichabod, qui me guidait, une main posée sur ma taille, avec fermeté et douceur à la fois. Les paupières ainsi closes, je pouvais suivre la cadence de son souffle, sentir son parfum de tabac et de sucre – qu'il aimait les gâteaux au miel et les beignets de Mère ! M'autorisant un sourire franc, je lui pressai la main.

Lorsque le violon poussa son dernier soupir, je levai les yeux vers lui, au-delà de son menton anguleux et de son nez monstrueux pour me noyer dans ses magnifiques yeux noirs. Oh ! Seigneur, je ne voyais qu'eux ! Il s'inclina et je perdis la tête. Au lieu de reculer d'un pas et de plier les genoux, j'attendis qu'il ait baissé suffisamment le visage pour presser mes lèvres à la commissure des siennes. Sans lui laisser le temps de réagir, j'aspirai profondément par sa bouche, rougissant plus que jamais, puis me détournai et me frayai un chemin à travers la foule.

Je compris, à l'instant, que j'avais agi comme une insensée. Oh ! la folie, l'impétuosité de risquer, pour un petit baiser, la vie d'un homme !

Mon premier amour s'appelait Albert Van Curen et était d'un naturel paisible ; un cousin qui rendit visite à ma mère l'année de mes onze ans. Il se montra gentil avec moi et m'offrit des sucres d'orge ainsi que des pastilles à la menthe achetés en ville.

Aux premières heures d'un beau dimanche, je descendis de voiture avec l'aide de Père. Tandis que mes minuscules bottines crissaient dans la neige, je m'avisai que la silhouette allongée à la lisière du portail en fer forgé n'était pas une ombre. Une pulpe rouge se mêlait au noir luisant. Poussée par la curiosité, j'échappai à Père pour me précipiter vers cet objet étrange.

Ce n'était que la tête d'Albert. Ses cheveux, qui s'étaient échappés du ruban les retenant, s'étalaient autour de sa pâle figure, humides et sombres. Une grimace féroce déformait ses traits et, sous son rictus, un enchevêtrement d'os, de tissus déchirés et de sang gelés sortaient de son cou tel un bouquet de mariée excentrique.

À quinze ans, je pris la fuite avec M. Darius Breed, qui rêvait de m'épouser. Nous quittâmes le val sur sa jument blanche et délicate. J'étais en quête de passion et d'aventure romanesque ; Darius, lui, craignait d'essuyer un refus de mon père.

Le croissant de lune qui brillait entre les branches au feuillage dense éclairait à peine la route. Vêtue d'une tenue de cavalière et emmitouflée dans ma cape, j'avais bien chaud et j'étais bien vivante.

— Ne vous inquiétez pas, ma chérie, me murmura-t-il en me caressant les cheveux et en me pressant la taille. Nous serons bientôt loin de Tarry Town et des paresseux qu'elle abrite. Surtout, nous serons ensemble, ainsi qu'un mari et une femme doivent l'être.

— Je mourrai avant, me pâmai-je.

Darius arrêta sa monture et, alors que le vent se faisait subitement glacial, il dit :

— Katrina, mon amour, entends-tu ?

Je fouillai les bois noirs du regard. À l'exception des cris d'une chouette, la nuit était silencieuse. Je ne percevais que le murmure de la bise, mon souffle mêlé à celui de Darius et le tambourinement assourdi de sabots.

— Ils sont à nos trousses ! s'écria Darius tout en éperonnant sa jument.

Surprise, j'agrippai l'épaisse crinière blanche. Nous filions sur la route, la respiration précipitée de Darius me brûlant l'oreille. Dans un éclat de rire, il me promit qu'il pouvait semer n'importe quel cavalier aguerri de Sleepy Hollow… même Bram Bones et son étalon, Daredevil.

Nous ne parvînmes pourtant pas à les distancer. Non, le galop de notre poursuivant ne cessa de croître à nos oreilles, tandis que le vent qui me mordait le visage ressemblait aux premières bourrasques de l'hiver, tel un feu bleuté et glacé.

Derrière moi, Darius se dévissait le cou pour apercevoir l'identité du cavalier. Il poussait des cris inarticulés d'une voix que la panique rendait suraiguë. Sa monture piaffait aussi, et je ne lâchai pas la crinière. Je refusai de tourner les yeux sur le côté, d'où me parvenaient successivement des vagues de froid et de chaleur qui m'enfiévraient. Pantelant, Darius s'inclinait de plus en plus, me contraignant à m'allonger sur l'encolure de la jument.

J'avais les joues irritées par le crin rugueux, les poings serrés de toutes mes forces, les cuisses endolories et le dos courbé. Bien que mon corps entier fût parcouru de frissons, je tenais bon, en silence. Mon cœur tambourinait avec autant de fracas que les sabots des chevaux lorsque nous dépassâmes le cimetière.

Un grognement retentit puis je sentis soudain un poids m'écraser. Du sang m'éclaboussa le cou. Darius glissa à terre, m'entraînant dans sa chute.

Un hurlement m'échappa, puis je heurtai brutalement le sol. J'échappai à l'étreinte de mon compagnon en roulant sur la route glacée.

— Darius !

Me prenant les pieds dans ma robe, je tombai à genoux et le secouai. Mes mains trouvèrent son pardessus, son doux pardessus en velours, et mes yeux remontèrent le long de son torse, son torse immobile et silencieux... jusqu'au vide au-delà de ses épaules.

Un cheval s'ébroua derrière moi. Avec un gémissement d'effroi, j'enfonçai les doigts dans le manteau de Darius, sans détacher mon regard du flot de sang noir qui s'épanchait de son cou, au clair de lune. Il était partout : sur mes mains et mes jupes. Il me coulait sur la gorge, s'immisçant entre ma peau et mon corsage en affreuses traînées.

Les yeux rivés sur les artères d'où jaillissait le liquide sombre, je me rappelai l'effroyable bouquet d'Albert Van Curen. Je serrai les paupières. La transpiration me glaçait la nuque. Le Cavalier et sa monture n'avaient pas bougé. Je les sentais respirer derrière moi... Enfin, cette dernière, car le Cavalier n'émettait pas un seul son.

La nuit était si silencieuse que je me serais crue au fond d'un horrible trou sans fond.

De gigantesques mains se refermèrent alors sur mes bras et me soulevèrent. Je me retrouvai assise en travers des cuisses du Cavalier, sur le gigantesque étalon. Il avait les bras de part et d'autre et je me redressai, la colonne bien droite, tandis qu'il tirait sur les rênes pour nous ramener chez Père.

Tout le temps que nous chevauchâmes à travers bois, il n'eut pas un seul geste de violence. Je ravalai mes pleurs et mes cris, me tordant les mains tout en regardant la nuit défiler devant moi. Je ne pouvais me résoudre à tourner mon regard vers lui, à découvrir qu'il était privé de tête, comme Darius, comme Albert. Et je ne pouvais pas davantage oublier les bras puissants qui m'emprisonnaient ou les gants en cuir noir qui agrippaient les rênes.

Lorsque nous eûmes rejoint Père à l'arrière de la demeure, il me souleva dans ses bras avant de descendre de selle. Je fermai les yeux alors. Il me posa à terre et approcha. Reculant d'un pas trébuchant, je me retrouvai acculée contre la façade de pierre. Je sentis une lame sur mon cou, aussi froide que la glace. J'ouvris brusquement de grands yeux ronds… sur un torse. Le cavalier était immense et massif. Sa veste de cuir noir, aux boutons d'argent, ne comportait pas la moindre trace de sang. Le fer de la hache luisait tel du mercure. Il l'appliqua, à plat, sous mon menton, pour le relever de force. Mon regard remonta lentement jusqu'au fermoir tordu, au-dessus duquel aurait dû se trouver sa tête. Derrière lui s'étendait la forêt, éclairée par le minuscule croissant de lune.

Ma respiration s'emballa, ma poitrine se souleva. J'allais perdre connaissance.

De sa main libre, le Cavalier me caressa la joue avec une tendresse infinie. Le cuir froid était doux. Il fit courir un doigt jusqu'à mon cou avant de dénouer ma cape, qui glissa dans l'herbe. Le Cavalier approcha alors la main de mon décolleté et effleura la naissance de ma poitrine à la lisière du corsage en dentelle. Je me détournai en frissonnant. Mes genoux menaçaient de se dérober et une odeur de sang rance, comme après l'abattage à la fin de l'été, me suffoquait.

Je refermai les yeux et ne les rouvris pas avant son départ.

Une créature surnaturelle s'était éprise de moi.

Certaines auraient pu en concevoir de la jalousie : la dévotion de mon amant était sans bornes.

Il se présentait les nuits les plus profondes, à l'approche de la Toussaint, du solstice d'hiver, mais aussi du solstice d'été et lors de la pleine lune. Posté sous ma fenêtre, il levait une main, m'invitant à le rejoindre. Et je descendais.

Si je ne m'exécutais pas… qui risquait-il de tuer ?

Je descendais, donc, et je chevauchais avec lui, quand je ne l'accompagnais pas pour une promenade sur les rives du Tappan Zee.

Il me touchait le visage, parfois, et refermait ses immenses doigts autour de mon cou. Il n'était pas cruel. Certaines nuits, je réussissais même à me persuader de mon bonheur.

Lorsque Ichabod Crane arriva à Tarry Town, je vivais drapée dans le mensonge : je parvenais à convaincre tout le monde que j'étais, du haut de mes dix-sept ans, prête à cueillir l'avenir radieux qui m'attendait. Je ne l'avais pour ainsi dire pas remarqué dans un premier temps : je ne comptais pas parmi ses élèves et il était plus âgé que moi, sans parler de son étrange allure dégingandée. Aussi superstitieux que les vieilles du village, il changeait de domicile plus souvent qu'un lutin, logeant dans la famille d'un élève différent chaque semaine. Son nez était trop grand et, de loin, il avait l'apparence maladroite d'un épouvantail. Bram Bones m'apportait des fleurs et se moquait du nouvel instituteur, qu'il comparait à un jeune arbre poussé dans les bois et envoyé au village pour se pavaner. Je riais de bon cœur avec lui et lui touchais la main avec une affection sincère, car je ne m'étais jamais souciée qu'il fût mort ou vif.

Puis j'entendis Ichabod chanter.

Sa voix n'évoquait ni le timbre cristallin des anges ni les trilles des oiseaux à l'aube. Cependant, lorsque, ce dimanche-là, il entonna un chant et déclara, devant tous les fidèles, son amour pour moi, je sentis tomber les épaisseurs de soie et d'or dans lesquelles j'avais emmitouflé mon cœur. Je plongeai dans ses yeux d'un brun chaleureux, où couvait un feu, et m'avisai soudain que je l'aimerais encore quand j'aurais cent ans.

Cette pensée fut aussitôt suivie d'une terreur glacée. Me détournant d'Ichabod, je m'interdis de poser à nouveau les yeux sur lui. Chaque fois que nos chemins se croisèrent par la suite et que je fus tentée de me perdre, une fois de plus, dans ses prunelles de braise, j'étais arrêtée par les veines de son cou, par la peau souple sur sa pomme d'Adam saillante, par l'endroit, sous sa mâchoire gauche, où son rasoir passait toujours trop vite. J'imaginais tout cela coupé en deux, baigné de sang vermeil, ainsi que les yeux blancs dans leurs orbites, rendus vitreux par la mort.

Je repoussais ses avances. Inventais des mensonges plus élaborés que jamais. Cependant, je continuais à lui adresser des sourires niais et à batifoler avec lui, ni plus ni moins qu'avec les autres hommes. Je refusais d'attirer l'attention sur lui d'une quelconque façon : dans sa grande perspicacité, mon Cavalier avait remarqué que je méprisais Bram Bones. Et si je réservais un traitement particulier à Ichabod, il saurait y lire la manifestation d'une affection sincère, une tentative pour le sauver.

Je poussai le zèle jusqu'à encourager Bram à jouer des tours à Ichabod, afin que l'instituteur soit convaincu que des lutins et des esprits malins le tourmentaient. Je priais pour qu'Ichabold prît la fuite.

Il n'en fit rien toutefois. Il m'aimait. Et l'espace de cet instant merveilleux, tandis que nous dansions ensemble à l'occasion du bal donné par Père pour Halloween, je partageai cet amour.

Bram fut témoin de la scène. Il m'entraîna dans la bibliothèque, dont il ferma la porte d'un coup de pied. Il me serrait si fort le bras qu'il me laisserait un bleu.

— Katrina ! J'ai vu ce baiser !

Il me fit pivoter vers lui pour me foudroyer du regard. De l'autre côté de la porte close résonnaient les tambours, le violon et les rires, promesses de paradis, quand moi, j'étais prisonnière d'un enfer sombre et froid.

— Ce n'était rien, Bram, qu'un adieu, dis-je en me dégageant. J'ai décidé d'accepter votre demande.

Desserrant sa mâchoire carrée, il sourit à pleines dents.

— Katrina !

Il me souleva dans ses bras. Je plaçai lentement mes bras autour de son cou, pressant ma joue contre son oreille pendant qu'il me faisait tourbillonner. Puis je fermai les yeux et imaginai sa nuque épaisse sous la lame de la hache du Cavalier. Le sang giclerait sur ma peau et tâcherait ma robe, avant de dégoutter sur les planches vernies de la bibliothèque.

Tout le monde fut informé dans l'heure, tant Bram était incapable de discrétion ou de compassion. Il s'en vanta auprès de chacun. Assaillie de toutes parts, je recevais les félicitations comme autant de camouflets, qu'elles viennent du fond du cœur ou qu'elles me soient adressées avec une jalousie, une haine ou un dégoût à peine masqués. Je gardais la tête bien haute, comme pour attendre le fer du Cavalier. Je ris. Je dansai encore, avec une énergie renouvelée. Et, surtout, j'évitai Ichabod.

Lorsque le bal toucha à sa fin, lorsque, des gâteaux et pâtisseries, il ne resta que des miettes et que nos plus beaux plats d'argenterie furent vides, lorsque le feu mourut dans la cheminée et que la musique se suspendit, lorsque les invités furent partis et que même Père et Mère furent couchés, je sortis dans la vaste cour. L'herbe givrée crissait sous mes semelles et je levai les yeux vers la lune presque pleine. En dépit des températures glaciales, je ne portais rien sur ma robe jaune et les poils se dressèrent sur mes bras et ma nuque, tandis que je frissonnais.

— Katrina.

Les lèvres pincées, je posai les mains bien à plat sur mon ventre. Je demeurai parfaitement immobile, alors qu'Ichabod approchait. Ses grandes chaussures faisaient craquer les brins d'herbe raidis et brunis. Le regard perdu vers les bois, je guettais l'ombre mouvante de mon Cavalier.

— Katrina…, répéta-t-il dans un murmure que le désir rendait rocailleux.

Je secouai la tête.

— Partez, Ichabod. Bram vous tuera, il est si jaloux.

J'aurais voulu m'esclaffer ; ce n'était pas sous la main de Bram que l'instituteur élancé risquait de trouver la mort.

— Je vous aime, et je sais que vous m'aimez.

— Vous n'en savez rien, monsieur Crane. La preuve : c'est faux.

Je baissai les yeux. Le gel scintillait au clair de lune.

Soudain, il me tenait entre ses bras, longs et pareils à des branches. Ses yeux rencontrèrent les miens juste avant qu'il se penche pour m'embrasser.

Je retins mon souffle et le repoussai. Pas là – pas dehors où le Cavalier pourrait nous voir ! Je martelai son torse de mes poings, et il finit par me lâcher. Ses traits émaciés comme ses pommettes saillantes évoquaient ceux d'un squelette. Il était déjà mort, condamné par l'attrait qu'avaient exercé ses lèvres sur moi, déjà mort par ma faute.

— Partez ! m'écriai-je en le repoussant et en affichant un masque moqueur. Partez, Ichabod Crane.

L'éclair argenté qui apparut entre les arbres dénudés me coupa le souffle.

— Partez ! Partez ! hurlai-je, le giflant.

L'air peiné, Ichabod recula. Je relevai le menton et me forçai à peindre le plus cruel des sourires sur mes lèvres.

— Partez, imbécile !

Un rire étranglé m'échappa. Ainsi, il me croirait folle, ou tout simplement impitoyable.

Il vacilla, le visage aussi pâle que la lune, avant de s'élancer pour contourner la maison et rejoindre la carne qui lui servait de monture.

J'aurais voulu tomber à genoux et laisser libre cours à mon désespoir, mais le Cavalier rôdait dans les bois. Il comprendrait… il comprenait toujours. Soulevant mes jupes, je fuis loin de la maison et d'Ichabod. Je m'enfonçai dans la forêt, m'agitant et tourbillonnant dans une danse échevelée, allant à la rencontre de ma malédiction.

Le Cavalier surgit, tenant son étalon des ténèbres par les rênes. Je me jetai dans ses bras et lui chuchotai :

— Je vais épouser Bram Bones… je n'ai pas le choix. C'est mon devoir. Vous devez le permettre.

Il me serra la taille d'une poigne de fer, me pinçant les hanches malgré les nombreuses épaisseurs de tissu.

Je me forçai à poser les yeux à l'endroit où les siens auraient dû se trouver. Les arbres agitaient des branches cinglantes dans ma direction, et une feuille noire se détacha avant de voleter vers le sol.

— Vous savez que je ne l'aime pas. Pourtant, je dois l'épouser.

Nous ne fîmes aucun mouvement. Je priai pour qu'Ichabod soit déjà loin, très loin d'ici, et pour que la peine que je lui avais causée le contraigne à emballer ses affaires et à chercher refuge dans une autre ville.

— Cavalier, murmurai-je.

Je posai mes mains froides sur le fermoir de son pardessus et, d'un seul geste, défis le crochet. Le vaste vêtement tomba à nos pieds dans un tourbillon de noir. Les doigts tremblants, j'ouvris les boutons de sa veste, dont j'écartai les pans pour révéler une chemise sombre. Je l'époussetai et des écailles de sang séché s'envolèrent, telles des feuilles mortes.

Je n'hésitai pourtant pas à déchirer celle-ci. Le Cavalier m'attira contre lui. Mes yeux se trouvaient à hauteur de ses clavicules dénudées. Une peau plus blanche que le lait sous des ruisselets de sang séché et craquelé. Je suivis le tracé de l'un d'eux jusqu'au cou, où la chair déchiquetée ne rencontrait que le vide. Mon estomac se souleva et je ravalai un haut-le-corps. J'effleurai la bordure de son cou, et un frisson parcourut le Cavalier de haut en bas.

Me laissant aller contre lui, je baisai son torse, surprise qu'il ne soit guère plus glacé que mes lèvres. Peut-être, sous son influence, étais-je en train de mourir de froid. Il me serra de ses bras de pierre.

Je fermai les yeux et le suivis, prête à rencontrer ma damnation.

# VAMPIRE EN CAGE

Nous élevons un vampire dans notre sous-sol.

J'ai été chargée de le nourrir en l'absence de mon père, parti à une convention en Californie, à Palo Alto. À six heures ce matin-là, je rejoins donc discrètement la cuisine, pieds nus, ma robe de chambre passée à la hâte sur ma chemise de nuit en jersey. Je bâille, regrettant de ne pas pouvoir retourner me coucher après la corvée matinale. C'est ma dernière semaine de cours et, comme j'ai déjà été acceptée à la fac de Northwest State j'ai du mal à trouver la motivation pour aller au lycée.

La moitié du congélateur est remplie de boîtes en plastique pleines de sang, et, au moment d'en repêcher une tout au fond, je peste contre ma mère, qui ne pense jamais à placer les plus anciennes sur le dessus – elles seraient plus accessibles. Je devrais lui proposer d'aller à sa place chez le boucher. Ça lui permettrait d'oublier toute cette histoire… ce qui est très exactement ce qu'elle voudrait.

Pendant que le sang est au micro-ondes, je me hisse sur le plan de travail et fixe la porte du sous-sol. L'essentiel de la peinture jaune pâle s'est écaillée depuis un moment. J'ai eu une phase, au collège, où j'arrachais une bandelette de peinture à chaque fois que je franchissais cette porte. Ces lignes formaient des barreaux de prison, elles me retenaient.

La sonnerie du micro-ondes retentit et je saute sur mes pieds. Récupérant la lancette à son crochet au-dessus de l'évier, je pose la boîte en plastique sur le plan de travail. J'étouffe un nouveau bâillement quand je soulève le couvercle en plastique et que les effluves cuivrés du sang de cochon m'assaillent. Retenant un haut-le-cœur, je gesticule comme une folle furieuse, même s'il n'y a personne pour assister à ma comédie. Une fois calmée, je pose la main gauche à côté de la boîte, paume vers le haut. Puis je récupère la lancette, fin triangle d'acier de la taille de mon pouce environ, et en applique la pointe sur mon auriculaire. C'est la partie que j'aime le moins. Les dents serrées, je me prépare à ce qui va suivre avec une grimace, avant de planter le petit bistouri dans mon doigt.

Le sang jaillit aussitôt, et j'en laisse tomber quelques gouttes dans la boîte.

Je suis sensée utiliser le sang de mon père. Il en a rempli une demi-tasse avant son départ, qu'il a placée dans le sellier, sans oublier d'ajouter son anti-coagulant préféré. Mais c'est déjà bien assez horrible d'enfermer notre vampire dans une cage au sous-sol pour ne pas lui donner les deux gouttes de sang frais auxquelles il a droit.

En veillant à tenir la boîte bien droite, j'ouvre la porte du sous-sol.

J'avais à peine cinq ans la première fois que j'ai rencontré Saxon.

Cela faisait une semaine que le vacarme métallique et cadencé des tuyaux retentissait dans toute la maison. Mon père m'avait assurée que c'était un problème de plomberie, pourtant, une nuit, je me suis réveillée et j'ai tout de suite constaté que la succession de percussions reproduisait ma comptine préférée. Je l'avais moi-même tapée sur le sol de la cuisine dans l'après-midi. La tuyauterie voulait m'accompagner.

Me levant en douce, je suis passée à pas feutrés devant la chambre de mes parents et je suis descendue jusqu'à la cuisine. La porte du sous-sol était constamment verrouillée, à l'époque, mais je savais qu'en montant sur une chaise, puis de là sur le plan de travail, je pourrais atteindre la clé, que mon père suspendait à un crochet à l'intérieur du placard à épices. Je l'ai récupérée sans un bruit et j'ai ouvert la porte. J'avais compris que les tuyaux vivaient en bas : chaque fois que mon père voulait les faire taire, c'était là qu'il se rendait.

Étant trop petite pour allumer la lumière, j'ai pénétré dans un sous-sol envahi par une obscurité épaisse. Voici tout ce dont je me souviens : le sol de béton brut, la minuscule ampoule rouge qui se balançait au centre de la pièce, ne la rendant pas moins effrayante. Et moi, qui ai lancé, d'une voix mal assurée :

— Les tuyaux ?

Il a alors prononcé mon nom. *Nicole.*

J'ai applaudi et me suis jetée en avant. Trébuchant sur quelque chose, je suis tombée contre les barreaux de sa cage. Il m'a rattrapée ; ses yeux, pile à la hauteur des miens, rougeoyaient. Il m'a remise sur mes pieds et m'a souri.

Il a fait avec moi des jeux de mains, comme *Trois petits chats*, plus longtemps que n'importe quel adulte. Nous n'avons arrêté que lorsque j'ai été, moi, trop fatiguée pour continuer.

Roulée en boule par terre, le dos collé à sa cage, je me suis alors endormie. Il m'a bercée en tapant, tout doucement, le rythme d'une berceuse sur l'acier.

À force d'avoir absorbé l'humidité ambiante, le bois des marches est spongieux sous la plante de mes pieds. Il faudrait les changer, sauf que mon père peut difficilement embaucher un menuisier pour faire des travaux au sous-sol.

À moins d'avoir l'intention de transformer ensuite le malheureux en casse-croûte pour Saxon.

À présent, je peux atteindre l'interrupteur, bien sûr, mais ce n'est pas une raison pour allumer. Je préfère l'éclat tamisé de la lumière rouge. Nous avons installé un tapis depuis ma première visite ici, un long chemin de couloir qui mène du pied de l'escalier à la cage. Il est si mince qu'il n'isole pas bien du béton glacial.

Mon père se sert d'une perche pour pousser la boîte entre les barreaux ; ainsi, Saxon ne peut pas l'attraper. Moi, je m'approche sans une seconde d'hésitation.

Saxon se tient dos à moi. Il observe les rais de lumière qui filtrent par la seule fenêtre du sous-sol, presque au niveau du plafond. La vitre est masquée par un store, cependant l'aube rosée s'insinue entre les lattes. Et elle nimbe Saxon d'une aura angélique.

— Hello ! Le petit déjeuner est servi.

Il se déplace avec lenteur, avec léthargie, presque. Sa cage fait à peine deux mètres carrés, et la moitié de l'espace est occupé par des livres et des magazines.

— Bonjour, beauté, répond-il.

Nous nous sourions.

Je glisse les mains entre les barreaux noirs pour lui remettre le sang. Il n'aurait aucun mal à m'agripper par les poignets et à les mordre pour se gorger, mais il n'en fera rien. Mon père a eu beau tout faire après m'avoir trouvée endormie au pied de la cage de Saxon, je n'arrive pas à redouter le vampire, car je sais qu'il aurait eu tout le loisir de me dévorer au cours de cette nuit-là. J'étais assez petite pour passer entre les barreaux. Et il aurait eu le temps de me sucer la moelle des os avant que mon père se réveille.

Saxon plonge un doigt dans le sang, puis l'étale sur sa lèvre inférieure. Il m'avait expliqué, l'année de mes huit ans, que le sang le chatouillait. Du coup, je m'étais dessiné une pastille rouge sur la joue et j'avais été terriblement déçue par l'impression que m'avait faite le liquide poisseux. C'était la première fois qu'il s'était moqué de moi. La première fois que j'avais découvert ses dents acérées. Et quand je m'étais vexée, il s'était fait un rond sur chaque joue et un long trait sur son nez, pour m'amuser.

Je m'assieds en tailleur, les genoux pressés contre les barreaux. Il se met par terre, lui aussi, la boîte en appui sur son torse. Pendant que je lui raconte l'émission que j'ai regardée à la télé la veille, et au cours de laquelle un samouraï affrontait un gladiateur, il trempe régulièrement le doigt dans le sang, qu'il laisse ensuite goutter sur sa langue. Il le dégustera ainsi pendant des heures.

Quand j'en viens à râler contre mon prof de maths, qui a pris la mauvaise habitude de glisser, dans ses interros, des questions sur des sujets que nous n'avons jamais vus en cours, Saxon m'arrête d'un signe de la main. La manche grise de sa chemise défraîchie se plisse sur son bras. Mon père lui apporte de nouveaux vêtements une fois par an, sous prétexte qu'il n'a pas besoin d'en changer plus souvent : Saxon ne transpire pas, n'urine pas et ne fait rien d'autre que lire à longueur de journée. Bref, il ne se salit pas. Moi, je me demande de quoi il aurait l'air avec un costume ou un jean bien coupé.

— J'ai réfléchi, dit-il une fois qu'il a obtenu mon attention, avant de plonger à nouveau son doigt dans le sang. Quand tu seras partie pour la fac, je n'aurai plus aucune raison de ne pas étriper ton père.

J'éclate de rire.

Pas Saxon. Il pose la boîte en plastique sur le béton et se lève, puis empoigne deux barreaux.

Mon rire se transforme en une suite de pierres qui dégringolent à mes pieds.

— Tu ne ferais pas ça.

— Bien sûr que si, cingle-t-il en faisant claquer le dernier mot.

Je me redresse et enveloppe ses mains entre les miennes. Sa peau est chaude.

— Saxon…

Jusqu'à aujourd'hui, ni mon père ni lui n'ont voulu me raconter comment il s'est retrouvé piégé ici. Je sais seulement que mon père le nourrit et que, pour une raison qui m'échappe, un vampire encagé fait office de porte-bonheur. En six mois, mon père est passé de simple associé à P-DG et aujourd'hui, il est libre d'agir entièrement à sa guise ou presque. Si on n'a pas encore emménagé dans une gigantesque villa au sein d'une résidence protégée, c'est à cause de Saxon.

— Ça ne peut pas être aussi simple, m'étonné-je. Tu l'aurais déjà fait sinon.

Il remue les doigts sous les miens et je jurerais entendre l'acier grincer.

— Ce fou me donne son sang depuis des années.

Je pense aussitôt aux gouttes que j'ai versées dans la boîte. Et c'est loin d'être la première fois.

— Et ça change quoi ?

— Il a excité mon appétit.

Saxon se penche vers moi et je me revois à cinq ans. La lumière rouge fait luire ses yeux. Mais cette fois, il ne me paraît ni vieux, ni étrange. Il est jeune. Il est mon ami.

J'avais l'habitude de rejoindre Saxon en douce quand j'étais seule à la maison, et je l'aidais à ramasser les centaines de milliers de grains de riz que mon père lançait dans sa cage pour l'occuper. Nous les comptions, puis les mettions, un par un, dans un grand bol en fer-blanc. Parfois, je me lassais avant la fin, mais Saxon semblait incapable de s'interrompre avant d'avoir terminé. Il s'était mis à inventer des comptines pour me donner envie de lui tenir compagnie et à me raconter des histoires sur les gens qu'il avait connus et les vies qu'il avait vécues. J'aimais plus particulièrement celles de ses compagnons humains qui veillaient sur lui le jour – et sur qui il veillait la nuit. Sans doute parce qu'elles m'aidaient à imaginer qu'il était ici, avec ma famille, par choix, et non parce qu'on le gardait prisonnier.

À l'époque où j'étais au collège, j'avais rêvé de le libérer, de l'emmener avec moi en cours, mais aussi de l'envoyer rendre visite à tous les enseignants qui me forçaient à prendre la parole en classe et, pourquoi pas, de briser les vitres de leurs voitures. Puis nous fuirions à New York ou ailleurs, et je deviendrais une comédienne célèbre, qu'il observerait depuis une loge de théâtre obscure. Nous passerions nos nuits dans les fêtes les plus courues, et nous en serions les stars. Le jour, nous dormirions dans une chambre paisible et sombre, attendant que le soleil se couche à nouveau.

C'était le seul rêve éveillé qui me permettait de tenir pendant l'heure d'espagnol.

— Que veux-tu ?

Il se contente d'un simple soupir. Son haleine a un parfum de sang, et j'en aperçois un filet à la commissure de ses lèvres. Ce n'est peut-être pas aussi écœurant que là-haut, lorsque j'ai sorti la boîte en plastique du micro-ondes, mais ça ne me plaît toujours pas.

Je reformule ma question :

— Qu'attends-tu de moi ?

— Je veux t'accompagner.

Mon premier instinct me pousserait à aller chercher la clé, sur l'établi. Et à le libérer. Je n'en fais rien, bien sûr ; pour autant, je ne cherche pas à faire taire cette voix intérieure. En seconde, quelqu'un m'avait conseillé de suivre mon instinct pour répondre aux QCM, et, suite à ça, mes notes avaient considérablement augmenté.

Je serre mes mains sur les siennes.

— Et ensuite ?

— Des nuits de fête et des jours de paresse ? suggère-t-il avec un sourire.

Je recule, pas après pas. Je me suis écartée du tapis et le béton me râpe les orteils. Comme quand j'avais cinq ans.

— Laisse-moi te confier un secret, ma belle, chuchote-t-il en pressant la joue contre un barreau et en passant les bras à travers pour croiser les mains avec nonchalance. Un vampire prisonnier est un porte-bonheur.

— Je sais.

— Mais..., reprend-il en dressant un doigt, celui dont il se sert pour se nourrir. Un vampire fidèle... Ah ! ma belle, un vampire fidèle, voilà ce que Washington avait. Et Charlemagne. Élisabeth Ire, Cléopâtre... César le lui avait offert.

J'hésite à le croire. J'en ai envie. Je l'imagine à nouveau avec des vêtements propres. Des vêtements qu'il aurait choisis.

— Je ne veux pas être comme eux.

— Rien ne t'y oblige. Des centaines de gens dont tu n'as jamais entendu parler se sont liés d'amitié avec nous, aussi.

Il aurait pu me tuer si facilement au cours des douze dernières années. Et il ne l'a pas fait. Puis-je, pour autant, lui accorder ma confiance ? Ou a-t-il simplement attendu ce moment ? Et cela n'a pas dû exiger beaucoup de patience car, à son échelle, douze années ne sont rien.

Mon cerveau – la voix de mon père à l'intérieur – me hurle de remonter. Seulement tout le reste de ma personne veut savoir. Savoir s'il m'a réellement fait cadeau de son amitié. Et moi, de la mienne. Parce que quelle amie n'ouvrirait pas cette cage ?

Si je cours me réfugier dans la cuisine, je l'utilise seulement. Comme mon père.

Si je le libère, il peut me tuer. Tuer mes parents. Et peut-être nos voisins, les habitants de toute la ville, à ce que j'en sais.

Si je m'enfuis, j'avoue ma peur.

Si je reste, je risque tout, juste pour me prouver ce que je suis.

— Nicole.

Je cligne des paupières. Je fixe Saxon depuis si longtemps que le jour qui s'immisce entre les lattes du store est devenu éclatant, presque éblouissant. Immobile, il semble pris entre les feux du soleil et de l'ampoule rouge.

Traversant un rai de lumière, je vais chercher la clé sur l'établi.

MELISSA DE LA CRUZ

# SHELTER ISLAND

# SHELTER ISLAND

C'était la lumière qui avait tout déclenché.

Réveillée à trois heures du matin, au beau milieu d'une froide nuit de février, Hannah remarqua qu'une des vieilles appliques en cuivre produisait un faible halo, à peine perceptible. La lueur vacilla, s'éteignit, puis se ralluma brusquement. La jeune fille imputa d'abord cette défaillance à un mauvais contact, puis à une négligence de sa part – avait-elle bien pensé à éteindre avant de se coucher ? Pourtant lorsque le même incident se reproduisit la nuit suivante, et le surlendemain, elle le considéra avec plus d'intérêt.

La quatrième fois, elle était à l'affût. Après avoir trouvé, à tâtons, ses lunettes sur sa table de nuit et les avoir chaussées, elle observa l'ampoule luisante en se renfrognant. Elle se rappelait très bien avoir éteint au moment de se mettre au lit. Elle regarda l'ampoule s'éteindre progressivement et s'endormit, dans sa chambre replongée dans le noir.

Une autre fille aurait eu peur, peut-être même davantage, mais c'était le troisième hiver que Hannah passait sur Shelter Island et elle était habituée à la maison, à ses bruits et autres excentricités. En été, la moustiquaire de la cuisine refusait de rester fermée ; elle claquait sans relâche, sous l'effet du vent ou des visites – le copain de sa mère, un voisin, les amis de Hannah, qui venaient passer les grandes vacances sur l'île, dans la résidence secondaire de leurs parents. Aucune porte n'était jamais fermée à clé sur Shelter Island. On n'y commettait aucun crime (du moins, rien de plus grave que le vol d'un vélo – à ce détail près que, dans un cas pareil, il y avait toutes les chances pour que quelqu'un l'ait simplement emprunté et qu'il le repose le lendemain à sa place habituelle) ; le dernier meurtre remontait au début du XVIII^e^ siècle.

Hannah avait quinze ans et sa mère travaillait au Good Shop, un café-restaurant qui servait exclusivement des produits frais – bio évidemment – et qui n'était ouvert que trois mois dans l'année, à la haute saison, quand l'île était infestée (selon les propres mots de sa mère) de citadins. Les estivants (autre expression maternelle) et leur argent permettaient à d'autres, comme elles, d'y vivre à longueur d'année. Hors saison, et surtout en hiver, la population était si rare qu'on avait l'impression d'habiter une ville fantôme.

Hannah aimait l'hiver néanmoins. Elle aimait regarder le ferry traverser les eaux glacées du chenal, la neige qui recouvrait tout d'un manteau féerique et silencieux. Elle se promenait, seule, sur la plage venteuse, où le bruit mouillé de ses semelles sur le sable humide était le seul son à des kilomètres à la ronde. Il y en avait toujours pour menacer de quitter l'île en hiver. Ils en avaient par-dessus la tête des tempêtes de neige qui se déchaînaient la nuit, des bourrasques qui criaient leur démence. Ils se plaignaient de la solitude, de l'isolement. Si certains n'appréciaient pas le son du silence, Hannah s'y épanouissait. Il n'y avait qu'avec lui qu'elle pouvait s'entendre penser.

Sa mère et elle avaient été des vacancières comme les autres, au début. Autrefois, lorsque ses parents étaient encore ensemble, ils louaient l'une des grandes demeures de style colonial dans la baie, à côté du Sunset Beach Hotel et de la jetée où les yachts accostaient. Les choses avaient changé avec le divorce, bien sûr. Le train de vie de Hannah et de sa mère avait été diminué par la séparation, elles étaient devenues, d'une certaine façon, des citoyennes de moindre importance. Des objets de pitié depuis que leur père et mari respectif était parti avec sa galeriste.

Hannah n'accordait pas beaucoup d'importance à l'opinion générale. Elle aimait la maison où elles vivaient, à l'architecture classique, confortable bien qu'en mauvais état, avec une véranda circulaire, six chambres, situées dans les pièces d'angle – une dans le grenier, trois au rez-de-chaussée et deux au sous-sol. De vieilles cartes de l'île et des eaux environnantes, encadrées, ornaient les murs en lambris du salon. Cette maison appartenait à une famille qui n'y venait pas, et le gardien ne voyait aucun inconvénient à la louer à une mère divorcée.

Au début, elles s'étaient senties perdues dans les grandes pièces, se déplaçant par à-coups, telles deux billes de flipper. Avec le temps, cependant, elles s'étaient habituées et avaient fini par trouver cet endroit chaleureux et douillet. Hannah ne s'y sentait jamais seule ou effrayée. Une impression de sûreté l'accompagnait en permanence.

Toutefois lorsque, la nuit suivante, à trois heures, les lumières se mirent à clignoter et que la porte s'ouvrit avec fracas, Hannah fut réveillée en sursaut ; elle se redressa aussitôt dans son lit et observa autour d'elle. D'où venait le courant d'air ? Les fenêtres étaient parfaitement fermées et il n'y avait pas de vent dehors. Remarquant une ombre dans l'encadrement de la porte, elle sursauta.

— Qui est là ? lança-t-elle sans hésiter.

Elle n'avait pas peur. Elle était seulement curieuse.

— Personne.

Hannah se retourna ; un garçon occupait le fauteuil dans le coin. Un cri faillit lui échapper. Elle s'attendait à tout sauf à ça. Un chat. Ou un écureuil égaré. Mais un garçon… Elle se montrait toujours timide en leur présence. Elle serait d'ailleurs bientôt membre du fameux club des filles de seize ans qui n'en avaient jamais embrassé. Elle trouvait ridicule que certaines en fassent une montagne... et encore plus de partager cette obsession.

— Qui es-tu ? Que fais-tu ici ? demanda-t-elle en affectant un courage qu'elle n'éprouvait pas.

— Je suis chez moi, répondit-il calmement.

Il devait avoir le même âge qu'elle, ou un peu plus. Ses cheveux sombres et en bataille lui tombaient dans les yeux, il portait un jean déchiré et un tee-shirt sale. Bien que très beau, il avait les traits empreints de tristesse et de gravité. Hannah remarqua une vilaine plaie sur son cou.

Elle remonta la couette jusqu'à son menton, essentiellement pour cacher son pyjama en flanelle avec un imprimé sushi. Il s'agissait sans doute d'un voisin, un des fils O'Malley, qui habitaient à côté. Comment était-il entré dans sa chambre sans qu'elle s'en rende compte ? Que lui voulait-il ? Devait-elle crier ? Prévenir sa mère ? Appeler à l'aide ? La blessure qu'il avait au cou n'était pas superficielle. Quelque chose de terrible lui était arrivé, et Hannah en eut la chair de poule.

— Et toi, qui es-tu ? l'interrogea le garçon, inversant subitement les rôles.

— Hannah, répondit-elle d'une petite voix.

Pourquoi lui avait-elle donné son vrai nom ? Venait-elle de se mettre en danger ?

— Tu vis ici ?

— Oui.

— C'est bizarre..., observa-t-il d'un air songeur. Enfin, je suis enchanté de faire ta connaissance, Hannah.

Sur ces mots, il sortit de la chambre, veillant à bien refermer la porte derrière lui. Peu après, la lumière s'éteignit d'elle-même.

Allongée dans son lit, Hannah eut beaucoup de mal à trouver le sommeil ; son cœur battait la chamade. Le lendemain matin, elle ne parla pas du garçon à sa mère. Elle se persuada qu'il s'agissait d'un rêve, rien d'autre. Elle l'avait inventé de toutes pièces. Et lui avait même donné les traits d'un Johnny Depp jeune. Elle rêvait tellement d'avoir un amoureux qu'elle avait fait apparaître un garçon. Il n'aurait sans doute pas accepté pour autant de sortir avec elle. Mais si elle en avait un, un jour, elle aimerait qu'il lui ressemble. Évidemment, les types de ce genre ne s'intéressaient jamais aux filles comme elle. Hannah ne se faisait aucune illusion sur son physique. Elle était petite. Quelconque. Réservée. Ses yeux menthe à l'eau, bordés d'épais cils noirs, constituaient son meilleur atout. Sauf que, la plupart du temps, ils étaient dissimulés derrière des lunettes.

Sa mère l'accusait toujours d'avoir une imagination débordante, et c'était peut-être le cas. Les hivers en solitaire avaient fini par entamer sa raison.

Il réapparut la nuit suivante, arpentant sa chambre comme s'il était chez lui. Elle ouvrit de grands yeux en l'apercevant, trop effrayée pour dire quoi que ce soit, et il la salua avant de disparaître. Le lendemain soir, au lieu de chercher le sommeil, elle attendit.

Trois heures.

Les lumières s'allumèrent d'un coup. Était-ce l'imagination de Hannah ou leur intensité allait-elle croissant ? Le battant de la porte heurta le mur. Cette fois, Hannah l'attendait et ne fut pas surprise. Le garçon apparut devant sa penderie, surgissant de nulle part. Les oreilles bourdonnantes, elle cligna des yeux pour combattre la panique qui menaçait de la submerger. D'où qu'il vienne, ce garçon n'était pas... humain.

— Encore toi ! s'écria-t-elle en rassemblant tout son courage.

Il fit volte-face. Il portait les mêmes vêtements que les deux nuits précédentes. Avec un sourire mélancolique, il répondit :

— Oui.

— Qui es-tu ? demanda-t-elle. Qu'es-tu ?

— Moi ?

D'abord surpris, il finit par étirer le cou. Elle eut alors tout le loisir d'observer la blessure sous son menton. Deux trous. Recouverts d'une croûte... bleue. Un indigo foncé, très différent du rouge tirant sur le marron qu'elle aurait attendu.

— Je crois que je suis ce que tu appelles un vampire, ajouta-t-il.

— Un vampire ? s'exclama-t-elle sans pouvoir contrôler un mouvement de recul.

S'il avait été un fantôme, ça aurait été une tout autre histoire. La tante de Hannah lui avait raconté beaucoup de choses à leur sujet – elle était passée par une phase chamanique, suivie d'une seconde, spirituelle. Hannah ne craignait pas les esprits, à l'exception des poltergeists. Ils n'avaient aucune consistance ; des ectoplasmes, pour ne pas dire des illusions d'optique.

Les vampires, en revanche... Une légende locale racontait qu'une famille de buveurs de sang avait terrorisé les habitants de Shelter Island des siècles auparavant. Monstres pâles et immortels, froids et moites, créatures nocturnes capables de se transformer en chauve-souris, en rats ou pire. Réprimant un frisson, elle promena son regard sur la chambre, se demandant combien de temps il lui faudrait pour sortir du lit et filer dans le couloir. Réussirait-elle seulement à l'atteindre ? Était-il possible de prendre un vampire de court ?

— Ne t'inquiète pas, je ne suis pas ce genre de vampire, dit-il d'une voix rassurante, comme s'il avait lu dans ses pensées.

— Quel genre ?

— Oh, tu sais, qui mord les gens sans prévenir. Toutes ces idées fausses véhiculées par ce cher Dracula. Jamais aucune corne ne m'a poussé sur le crâne.

Il haussa les épaules avant de poursuivre :

— Pour commencer, nous ne sommes pas laids.

Prise d'une folle envie de rire, Hannah se retint par politesse. La peur la désertait peu à peu.

— Pourquoi es-tu ici ?

— Je vis ici, répondit-il simplement.

— Personne n'habite cette maison depuis des années. John Carter… le gardien… il nous a expliqué qu'elle avait toujours été vide.

Après avoir à nouveau haussé les épaules, il s'assit dans le fauteuil à côté du lit de Hannah. Elle l'observa avec méfiance, hésitant à le laisser s'approcher autant. Pour un vampire, il n'avait, en apparence, ni le sang froid, ni la peau moite. Il semblait fatigué. Épuisé même. Des cernes foncés soulignaient ses yeux. Il ne ressemblait pas à un meurtrier sans pitié. Qu'en savait-elle cependant ? Pouvait-elle lui faire confiance ? Il lui avait déjà rendu deux visites, après tout. S'il avait voulu la tuer, il en avait eu l'occasion. Et il y avait autre chose : il était presque trop mignon pour inspirer de la terreur.

— Pourquoi est-ce que tu fais ça ? demanda-t-elle lorsqu'elle eut retrouvé sa voix.

— Le truc avec les lumières, tu veux dire ?

Elle hocha la tête.

— Aucune idée. Pendant longtemps, je ne pouvais rien faire. Je dormais dans ta penderie, mais tu ne me voyais pas. Une nuit, je me suis rendu compte que j'étais capable d'allumer et d'éteindre les lumières. Ce n'est que lorsque tu t'en es aperçue que je me suis, progressivement, senti redevenir moi-même.

— Pourquoi es-tu ici ?

Il ferma les yeux avant de répondre :

— Je me cache.

— Qui te cherche ?

Il serra les paupières si fort qu'une grimace douloureuse déforma ses traits.

— Quelqu'un de mauvais. Quelqu'un qui veut ma mort… non, pire que ça.

Il réprima un frisson.

— Puisque tu es un vampire, tu devrais déjà être mort, non ? lança-t-elle.

Elle se détendait. Pourquoi aurait-elle peur de lui, qui était, de toute évidence, terrorisé ?

— Non, pas vraiment. C'est plutôt que j'ai vécu longtemps. Très longtemps, murmura-t-il. Cette maison nous appartient. Je me souviens de la cheminée, en bas. J'ai posé la plaque à côté.

Il parlait sans doute du rectangle de cuivre poussiéreux, si vieux et sale que Hannah ne lui avait jamais réellement prêté attention.

— Qui en a après toi ? insista-t-elle.

— C'est compli…

Avant qu'il ait eu le temps de terminer sa phrase, la fenêtre se mit à frémir. Un martèlement sourd, *boum boum boum*, la secouait, comme si quelqu'un, ou quelque chose, projetait tout son poids contre la vitre.

Le garçon bondit du fauteuil et disparut. Quelques secondes plus tard, il repassa la tête par la porte, le souffle court.

— Qu'est-ce que c'est ? lui demanda Hannah d'une voix tremblante.

— Il est ici, il m'a trouvé, répondit-il sèchement.

Il était sur le qui-vive, prêt à déguerpir, pourtant il restait là, les yeux rivés sur le verre qui vibrait.

— Qui ça ?

— Lui… le démon…

Hannah se leva pour regarder dehors. La nuit était obscure et paisible. Dans les étendues neigeuses et au bord des eaux glaciales, les arbres, aux branches nues et squelettiques, ne bougeaient pas. Le clair de lune baignait le paysage d'une lueur froide et bleutée.

— Je ne vois aucun… oh !

Elle recula aussi vivement que si elle avait reçu un coup de poignard. Elle avait aperçu quelque chose. Une présence. Des iris cramoisis et des pupilles argentées. Qui la fixaient. Une masse sombre planait au-dessus de la fenêtre. Hannah ressentait sa rage, la violence de son désir. Elle voulait entrer, boire, se repaître.

*Hannah... Hannah...*

Elle connaissait son prénom.

*Ouvre-moi... Ouvre-moi...*

Ses paroles avaient un effet hypnotique. Elle s'approcha du carreau et s'apprêtait à ouvrir, lorsqu'un cri l'arrêta :

— STOP !

Elle se retourna. Toujours posté sur le seuil de la chambre, le garçon se crispa.

— Ne fais pas ça, lui dit-il. C'est exactement ce qu'il attend. Que tu l'invites à l'intérieur. Tant que tu garderas cette fenêtre fermée, il ne pourra pas entrer. Et je serai en sûreté.

— Qu'est-ce que c'est ? lui demanda Hannah, tandis que son cœur menaçait d'exploser dans sa poitrine.

Elle croisa les mains derrière son dos, mais regarda à nouveau dehors. Il n'y avait plus rien derrière la vitre, pourtant elle percevait encore une présence. La créature n'était pas loin.

— Un vampire, aussi. Comme moi, et pourtant différent. Il est... fou. Il se nourrit des siens.

— Un vampire qui chasse d'autres vampires ?

Il acquiesça.

— Je sais que ça paraît ridicule.

— Est-ce qu'il... t'a fait ça ? dit-elle en effleurant les croûtes râpeuses qui ornaient son cou.

Elle eut aussitôt de la peine pour lui.

— Oui.

— Tu n'es pas en danger ?

— Je ne crois pas, répondit-il avant de baisser la tête. J'espère que non.

— Comment as-tu réussi à entrer ? Personne ne t'a invité.

— Tu as raison. Je n'avais pas besoin d'invitation. J'ai trouvé la porte ouverte. C'était le cas de toutes celles de l'île, pourtant c'est la seule maison où j'ai pu pénétrer. Voilà pourquoi je suis parvenu à la conclusion que j'avais trouvé mon chez-moi.

La fenêtre cessa de vibrer. Il soupira.

— Il est parti. Mais il reviendra.

Il semblait si soulagé que Hannah en eut le cœur serré.

— Je peux faire quelque chose pour toi ? lui proposa-t-elle.

Elle n'avait plus du tout peur. Sa mère lui répétait constamment qu'elle était du genre à garder la tête froide dans les situations d'urgence. Une fille calme et fiable. Plus susceptible de planter un pieu dans le cœur d'un monstre que d'appeler au secours.

— J'aimerais t'aider, ajouta-t-elle.

Il haussa un sourcil avant de la considérer avec respect.

— Je dois partir. Je ne peux pas rester ici indéfiniment. Il faut que j'y aille. Je dois prévenir les autres, leur dire ce qui m'est arrivé. Que la menace grandit.

Il prit appui contre le mur, puis poursuivit :

— Ce dont j'ai besoin risque d'être un peu douloureux, et je ne pourrai l'accepter que si tu me le donnes de ton plein gré.

— Tu parles de sang, non ? Tu es faible… tu as besoin de mon sang.

— Oui.

Les ombres accentuaient encore le caractère anguleux de son visage et les creux profonds dans ses joues. Son teint cireux. Peut-être que toutes les légendes sur les vampires n'étaient pas fausses, après tout.

— Mais je ne me transformerai pas en… ?

— Non, ça ne marche pas comme ça. Personne ne peut créer de vampire. Nous sommes nés ainsi. C'est notre malédiction. Tu iras bien… tu seras fatiguée, tu somnoleras peut-être un peu, rien de plus.

La gorge nouée, Hannah hasarda une question :

— Il n'y a pas d'autre moyen ?

Cette idée ne la réjouissait pas. Il allait la mordre, boire son sang. Cette simple perspective lui soulevait le cœur… tout en lui procurant, néanmoins, un étrange frisson d'excitation.

Le garçon hocha lentement la tête.

— Je comprendrais que tu ne veuilles pas. La plupart des gens refuseraient, à ta place.

— Tu me laisses le temps de réfléchir ?

— Bien sûr.

Sur ce, il disparut.

La nuit suivante, il lui en apprit davantage sur la créature à ses trousses. Elle avait presque réussi à l'attraper une fois, mais il avait pu lui échapper. Voilà pourquoi elle revenait terminer le travail. Elle avait remonté sa trace jusqu'ici. Hannah écouta l'histoire du garçon. Plus il se confiait, plus elle se sentait proche de lui. Il affirmait que le temps lui était compté. Il s'affaiblissait de plus en plus, et un jour il n'aurait plus la force de résister à cet appel. Il irait à la rencontre de sa mort, impuissant face à la volonté de la créature.

Un choc contre la vitre brisa le sortilège de la confession. Ils sursautèrent tous deux. Le verre vibra, sans céder pour autant. La chose était de retour. Dehors. Tout près. Assoiffée.

Hannah se tourna vers le garçon, lui serra la main. Elle ouvrait de grands yeux effrayés.

— Je suis désolée, mais je ne peux pas.

— Ce n'est rien, répondit-il d'un ton plaintif. Je n'espérais pas que tu acceptes. C'est beaucoup demander.

La lumière vacilla et il s'évanouit.

Hannah pensa à lui toute la journée du lendemain, se rappelant ses mots, son désespoir face au monstre nocturne qui le pourchassait. Son expression de désolation. De terreur. Elle avait reconnu sur son visage les sentiments qu'elle avait éprouvés lorsque son père lui avait annoncé qu'il déménageait et les laissait, sa mère et elle, seules, sans soutien. Ce soir-là, elle mit sa plus belle chemise de nuit, en soie noire et bordée de dentelle, que sa tante lui avait rapportée de Paris. La sœur de son père exerçait sur elle, à en croire sa mère, une « mauvaise influence ».

Elle avait prit sa décision.

Lorsqu'il fit son apparition à trois heures, elle lui annonça qu'elle s'était ravisée.

— Tu es sûre ?

— Oui. Mais fais vite avant que je ne change d'avis, lui ordonna-t-elle.

— Tu n'es pas obligée de m'aider.

— Je sais, rétorqua-t-elle, une boule dans la gorge. J'en ai envie.

— Je ne te ferai aucun mal.

Une main posée sur son cou, comme pour se protéger, elle demanda :

— Promis ?

Comment accorder sa confiance à ce garçon bizarre ? Comment risquer sa vie pour le sauver ? Il émanait toutefois de lui, de ses yeux mi-clos, de son expression tourmentée, quelque chose d'attirant. Hannah était le genre de fille à recueillir les chiens errants et à réparer les ailes brisées des oiseaux. Et il ne fallait pas oublier cette créature dehors, dans le noir. Elle devait aider ce garçon à lui échapper.

— Vas-y, dit-elle.

— Tu es sûre ? répéta-t-il.

Elle hocha la tête d'un mouvement sec, ainsi qu'elle l'aurait fait face à un médecin lui demandant son accord pour une opération particulièrement risquée mais nécessaire. Elle retira ses lunettes, écarta la bretelle droite de sa nuisette et inclina la tête. Puis elle ferma les yeux et se prépara au pire.

Il s'approcha. Il était si grand qu'il la dominait de plusieurs dizaines de centimètres et elle fut surprise par la chaleur de ses mains lorsqu'il les posa sur ses épaules. Après l'avoir attirée à lui, il souffla :

— Attends. Ouvre les yeux, regarde-moi.

Elle souleva les paupières et plongea au fond de ses prunelles noires, se demandant ce qui lui prenait.

— Ils sont beaux, tes yeux. Tu es belle, murmura-t-il. Je me suis dit qu'il fallait que tu le saches.

Elle soupira et referma les paupières tandis qu'il lui caressait la joue.

— Merci, chuchota-t-il.

Elle sentit la caresse tiède de son souffle sur sa peau ; il effleura ses lèvres des siennes, avant de les presser plus fermement. Elle lui rendit son baiser, humide et brûlant.

Son premier baiser. Échangé avec un vampire.

Il lui embrassa ensuite la commissure des lèvres, puis le menton et enfin le cou. Elle se prépara à la douleur.

Pourtant il ne lui avait pas menti, elle ne sentit presque rien. Deux minuscules piqûres, suivies d'une envie de dormir. Bercée par les bruits de succion, elle fut prise d'un vertige.

Les jambes de Hannah se dérobèrent sous elle et il la rattrapa. Il la raccompagna à son lit et, après l'avoir aidée à s'allonger, il la borda.

— Je te reverrai un jour ? trouva-t-elle la force de demander.

Elle devait lutter contre le sommeil, néanmoins elle le voyait avec beaucoup plus de netteté maintenant. Il resplendissait. Il avait plus de consistance.

— Peut-être, lui susurra-t-il. Malgré tout, pour toi, il ne vaudrait mieux pas.

Elle agita la tête avec nonchalance, s'abandonnant déjà au moelleux des oreillers.

Le lendemain matin, se sentant encore faible, elle dit à sa mère qu'elle devait couver quelque chose et préférait ne pas aller en cours. Lorsqu'elle observa son reflet dans le miroir, elle ne découvrit aucune trace sur son cou, ni blessure ni cicatrice. N'était-il rien arrivé la veille ? Devenait-elle complètement folle ? Elle tâta sa peau du bout des doigts et finit par trouver deux petites callosités. Presque imperceptibles, mais présentes.

Elle avait obtenu qu'il lui confie son nom avant de boire son sang.

*Dylan. Je m'appelle Dylan Ward.*

Plus tard ce jour-là, elle nettoya la plaque près de la cheminée et l'examina pour la première fois. Elle était décorée d'un blason sous lequel se trouvaient les mots : Orphelinat. Elle se rappela soudain qu'en anglais *Ward* signifiait « pupille de l'État ». Cette maison avait recueilli des enfants abandonnés. Un refuge sur Shelter Island. L'île des réfugiés.

Elle repensa à la créature dehors, dans la nuit, qui faisait trembler les fenêtres, et croisa les doigts pour que Dylan soit arrivé à destination sans encombre.

# RACHEL CAINE

# L'HISTOIRE DE SAM

# POUR L'AMOUR DE GRACE

# L'HISTOIRE DE SAM
# UNE NOUVELLE DU CYCLE VAMPIRE CITY

Ne sachant trop par où commencer, je vais reprendre les événements dans l'ordre, au risque d'être un peu fastidieux.

Mon nom est Sam Glass – ou Samuel Abelard Glass, ainsi que m'appelait ma mère quand elle était en colère.

Né en 1932, j'ai été un enfant de la Grande Dépression, un adolescent de la Seconde Guerre mondiale et un adulte de l'après-guerre. En 1950, j'ai fêté mes dix-huit ans, ce qui à Morganville impliquait de se placer sous la protection d'un vampire, comme mes parents avant moi, ou de préférer l'indépendance à mes risques et périls.

J'aimerais pouvoir écrire que j'ai été assez courageux pour faire ce choix-là ; cela n'a pas été le cas. J'ai signé un contrat, récupéré le bracelet qui allait avec, et ma vie a suivi son cours normal, du moins selon les critères d'une ville où les vampires font partie du quotidien et où chacun doit composer avec leur présence.

Je me suis inscrit à la faculté sur place, la Texas Prairie Université, et j'avais dix-neuf ans lorsque j'ai rencontré Melinda Barnes, dont je suis tombé amoureux. Une fille adorable et lumineuse ; les choses sont allées vite entre nous. Trop vite, peut-être. À vingt ans, j'étais marié et sur le point de devenir père. Mes parents étant décédés, j'avais hérité de la maison familiale, une des demeures de la Fondatrice en centre-ville. Melinda rêvait d'un foyer rempli d'enfants et, à mesure que son ventre s'arrondissait, je me surprenais à y penser, moi aussi. Je continuais à douter que devenir parents à Morganville soit une bonne chose, mais j'avais fait mon choix et Melinda était heureuse…

C'est pendant que je patientais dans la salle d'attente de la maternité que les choses ont mal tourné. Très mal. À l'époque, les pères étaient censés attendre – assis, inquiets, ou à faire les cent pas. J'arpentais la pièce, ignorant si mon supplice allait encore durer longtemps, si les cris qui me parvenaient appartenaient à Melinda. J'éprouvais un mélange de culpabilité, d'impatience et de peur.

Le docteur est venu me chercher en traînant les pieds, le visage empreint d'une expression qui trahissait ce qu'il allait m'apprendre.

Melinda avait trouvé la mort en couches. Ils avaient réussi, in extremis, à sauver mon fils.

Marié à vingt ans, j'étais veuf à vingt et un, avec un bébé sur les bras.

Nous nous en sommes bien sortis, Steven et moi. J'étais terrorisé à l'idée de m'occuper d'un nourrisson, mais il m'a conquis à la seconde où j'ai découvert ses grands yeux bleus. Si beaux. Jusqu'alors, je n'avais jamais ressenti une impression pareille, celle d'appartenir corps et âme à quelqu'un d'autre ; mon univers se résumait au petit Steven.

Je n'étais pas entièrement seul, bien sûr – dans les années 1950, personne ne croyait un jeune homme capable d'élever un enfant sans aide. Toutes les bonnes âmes du coin me proposaient leur secours, et il était souvent, je le reconnais volontiers, le bienvenu.

Un jour, j'ai reçu la visite de la Fondatrice.

Je rencontrais Amelie pour la première fois. J'imaginais une vieille femme sèche et glaciale, elle était belle, calme et, à chacun de ses sourires, le monde s'illuminait. Cette visite de courtoisie était l'occasion de me présenter ses condoléances et de faire la connaissance du nouveau membre de la famille Glass. Elle n'avait pas d'autre intention. Et moi non plus.

Nous sommes devenus amis, pourtant. Des amis timides, trop conscients du gouffre qui les séparait ; je percevais sa solitude, et la mienne ne devait pas davantage lui échapper. Je n'avais personne d'autre dans ma vie que Steven, et il dépendait entièrement de moi. J'ai été submergé. La bonté d'Amelie – oui, sa bonté, aussi étrange que cela puisse paraître, vu sa position – était une oasis en plein désert.

Elle me rendit des visites de plus en plus régulières, s'occupant avec moi de mon fils – elle laissait ses gardes du corps à la porte quand elle ne se passait pas tout bonnement d'eux. En ma présence, Amelie pouvait oublier qu'elle avait plusieurs milliers d'années et se souvenir de ses sentiments humains. De la vie, tout simplement.

Lorsque mon fils a atteint sa troisième année, j'étais amoureux d'elle. Pas un amour fusionnel comme celui que j'avais partagé avec Melinda : il s'était consumé rapidement, puis s'était évanoui. Celui-ci, différent, s'inscrivait dans la durée et s'enrichissait de jour en jour. Je savais que c'était stupide, malvenu et impossible, mais je voyais aussi, dès qu'elle baissait la garde, qu'elle éprouvait la même chose.

Sans Edgar Bryan, nos sentiments seraient sans doute restés au stade de fantasme, de rêve qu'aucun de nous n'aurait été prêt à réaliser.

Le vieil Edgar n'avait jamais été réputé pour sa santé mentale ; il était régulièrement interné depuis des années, et la plupart des habitants de Morganville savaient qu'il valait mieux l'éviter quand il traversait une de ses « phases ». Je suis incapable d'expliquer comment, mais j'avais acquis la réputation d'être un homme raisonnable, capable d'apaiser les tensions : je ne tenais plus le compte des bagarres où j'étais intervenu, ni même des différends politiques entre humains et vampires dont je m'étais mêlé.

Chaque fois qu'Edgar perdait les pédales, j'étais le premier qu'on appelait. Ce jour-là, je suis même arrivé sur place avant la police – leurs sirènes hurlaient encore au loin. Edgar s'était barricadé dans une salle du café, le Barfly Tavern, avec six otages, persuadé, dans une crise de folie, que la moitié de la ville en avait après lui.

À mon arrivée, la situation était déjà critique. L'un des otages qu'il retenait était un jeune vampire, une femme pas nécessairement mieux armée que les autres pour se défendre. Je la connaissais : Marion était si discrète et timide qu'on avait du mal à la ranger dans la catégorie des buveurs de sang.

Lorsque Edgar s'est mis à menacer l'une des barmaids avec un énorme couteau, Marion s'est interposée. Les lois de Morganville lui imposaient cette obligation – elle devait protection à la fille. Je n'ai pas assisté à la scène, cependant j'ai entendu dire qu'elle avait été courageuse. Elle croyait que son statut de vampire suffirait... et que personne ne pouvait être aussi fou.

Sauf qu'elle sous-estimait Edgar et qu'il l'a tuée.

Son geste le condamnait à mort : il payerait de sa vie son affront – au terme, selon toute vraisemblance, de supplices anciens et cruels. Si je ne pouvais plus rien pour Marion, je devais essayer de libérer les cinq autres otages avant que la démence d'Edgar ne fasse de nouvelles victimes.

Il m'a fallu toute la nuit, mais j'ai réussi à le convaincre de laisser partir les autres, et heureusement. Amelie a débarqué un peu avant l'aube, entourée de fidèles, au moment précis où je venais de récupérer le dernier prisonnier et où Edgar avait accepté de déposer son arme.

Dès qu'il l'a aperçue, tout a basculé. Peut-être avait-il compris que sa vie était terminée de toute façon… Il s'est jeté sur elle en hurlant. Si j'avais eu les idées claires, j'aurais su qu'il ne pouvait rien : non seulement elle avait ses gardes du corps, mais elle était bien plus forte et rapide que lui.

Je n'ai pas pris le temps de réfléchir. Je ne voyais qu'Amelie, le couteau et la pauvre Marion décapitée dans l'arrière-salle, la tête à plus de cinquante centimètres du corps.

Alors, j'ai joué au héros.

La suite était prévisible. Le couteau d'Edgar s'est enfoncé si profondément dans mon ventre que la pointe a sectionné la colonne vertébrale. Ça n'avait aucune importance. Une seule chose comptait : j'étais intervenu avant qu'il n'atteigne Amelie.

Je n'ai pas vu ce qui est arrivé à Edgar, ce qui est, je n'en doute pas, une bénédiction pour moi. J'ai gardé les yeux fermés un moment et, lorsque je les ai rouverts, j'avais la tête posée sur les genoux d'Amelie, qui ne cherchait pas à dissimuler sa tristesse.

Il y avait des larmes dans ses yeux. De vraies larmes. C'était si incroyable que je ne savais comment exprimer ce que je ressentais.

Avant d'y parvenir, j'ai reperdu connaissance.

Quand je suis revenu à moi, j'étais… différent. J'éprouvais une paix intérieure infinie, et pourtant le moindre son semblait amplifié, mes sens, décuplés. Les doigts froids d'Amelie sur mon visage, pareils à de la soie et du marbre.

Mes lèvres avaient un goût de sel. De sel et de cuivre.

Un goût de sang.

Amelie n'avait pas transformé d'humain en vampire depuis des siècles. Et elle m'avait changé. Elle l'avait fait pour mon fils – du moins, c'est ce qu'elle m'a dit. Cependant elle connaissait aussi bien que moi la véritable raison de son geste.

Je lui en ai voulu, d'abord. J'ai eu beaucoup de mal à comprendre l'existence, à supposer que l'on puisse employer ce mot, que mènent les vampires, la soif constante, les pulsions de violence et de cruauté. Je n'avais jamais été un homme brutal. Mes propres instincts me dégoûtaient et je me débattais pour les faire taire. Pour rester le genre d'homme que j'avais été de mon vivant. Un pacificateur.

J'ai tenté de garder mes distances avec Amelie. Sa proximité déchaînait toutes sortes de passions en moi – et plus les sentiments étaient forts, plus j'avais du mal à dominer mes pulsions. Amelie, elle aussi, m'évitait, redoutant que nous nous trahissions au contact l'un de l'autre, que nous devenions trop vulnérables. Au terme de ce qui m'a paru une éternité, j'ai enfin réussi à enchaîner plusieurs journées sans perdre le contrôle de moi-même et sans me sentir désespéré.

Pourtant elle me manquait. Elle me manquait constamment.

J'ai été un mauvais père à cette époque, et Steven s'est révélé un bien meilleur fils que celui que je méritais. Il est devenu un homme fort, au caractère bien trempé, qui ne reculait jamais devant moi, même lorsque je me laissais emporter par mes humeurs. On peut dire, je crois, que c'est son amour qui m'a aidé à rester la personne que je voulais être.

À dix-huit ans, Steven a refusé de signer un contrat et, à plus d'une reprise, j'ai été contraint de voler à son secours, parce qu'il s'était attiré les foudres de tel ou tel groupe de vampires. Quelques années plus tard, il est tombé follement amoureux d'une fille du coin, Rose, et, un an plus tard, ils attendaient un enfant. J'avais été père, veuf, mort, vampire… Devenir grand-père me semblait au-delà de mes forces, soudain.

Et pourtant, il s'est passé exactement la même chose qu'avec Steven : dès que j'ai tenu dans mes bras Michael, j'ai senti un vide se combler en moi. L'amour ne m'avait pas abandonné. Ma famille avait toujours sa place dans mon cœur. Et j'étais prêt à n'importe quoi pour préserver cette petite vie si fragile et magnifique.

Michael Glass. Mon petit-fils. En le voyant grandir, s'épanouir, se transformer en garçon bon, réfléchi et talentueux, avec le soutien attentif et aimant de ses parents, j'avais l'impression de suivre l'évolution de mon propre enfant. Je me suis efforcé d'être plus présent avec lui que je n'avais pu l'être avec Steven. J'ai même eu l'impression que ça portait ses fruits, parfois.

Amelie… Notre relation est compliquée. Je l'aime, j'en ai la certitude. Je ferais n'importe quoi pour elle, n'importe quoi, ce qui constitue un danger, aussi bien pour elle que pour moi. Voilà pourquoi, l'essentiel du temps, nous gardons nos distances. Elle doit tenir son rôle de reine glaciale, surtout depuis le retour d'Oliver en ville et sa volonté affichée de la détrôner. Je la rends vulnérable. Et l'idée d'être sa faiblesse me répugne.

Quand elle a transformé Michael, j'ai appuyé sa décision, même si cette solution me faisait horreur : mon petit-fils abandonnait sa vie de mortel pour se jeter, tête la première, dans un monde politique d'intrigues ancestrales. Je voulais le protéger. J'ai toujours cru pouvoir le prémunir contre tout, mais même un vampire ne peut pas tenir une promesse pareille. Même un vampire ne devrait pas s'y engager, surtout à Morganville.

Cette transformation a eu malgré tout un avantage : je me sens moins seul.

C'est sans doute égoïste… Mais personne ne peut imaginer ce que cela représente pour moi.

# POUR L'AMOUR DE GRACE

*Anges et démons. L'homme dispose de tout un arsenal de termes pour nous caractériser et nous hiérarchiser, au paradis comme en enfer. S'imagine-t-il vraiment pouvoir comprendre une réalité qui lui est si étrangère ? Il voit en nous des composantes de son univers, des piliers aussi solides que la terre ferme sous ses pieds.*

*Pourtant cette planète évolue et, à cause d'elle, des hommes trouvent souvent la mort dans d'atroces souffrances. La vérité est bien plus inquiétante : le paradis et l'enfer sont tout aussi instables que la Terre. Leurs frontières fluctuantes. Les anges et les démons ne les respectent pas toujours. Rien n'est immuable, pas même la plus accomplie des créatures.*

*Pour être parfaitement honnête, la différence entre les anges et les démons est parfois si ténue qu'il nous arrive, nous-mêmes, de nous y tromper.*

Rachel Caine

Une fois par mois, Raphael et moi nous retrouvions dans un bar irlandais, le Tipperary Inn, pour faire une partie d'échecs et boire une pinte. Il commandait une Guinness, moi, une Black and Tan - moitié brune moitié blonde -, et nous nous installions dans le recoin le plus sombre. Dans la salle adjacente, des groupes, souvent de musique folklorique, jouaient des airs sauvages, beaux et plaintifs.

Je perdais toujours contre Raphael. Enfin, je le reconnais, je ne faisais pas beaucoup d'efforts. Tout le plaisir me venait de l'affrontement.

Ce soir-là, Gordian Knot, un groupe de rock progressif, se produisait. Après avoir pris ma reine avec sa tour, Raphael avala une gorgée de sa bière brune et veloutée, et m'annonça :

— Je vais bientôt partir.

— Oh ?

J'étudiai l'échiquier avec attention. Il allait m'acculer, m'écorcher puis porter ma dépouille en trophée. Je ne connaissais que trop bien la douce lueur qui allumait son regard.

— Et où vas-tu ? ajoutai-je.

— Chez moi.

Sa réponse excita ma curiosité et nos yeux se croisèrent. Les siens étaient aussi larges et bleus qu'un ciel d'été sans nuage, et je dus détourner les miens pour ne pas m'y perdre.

— Quelle chance ! Ton travail est terminé, alors ?

Je jouai le coup sans réfléchir, et Raphael me sanctionna en me piquant mon cavalier. Il signifia alors au barman qu'il voulait une autre pinte, et ses cheveux d'un blond argenté scintillèrent comme si des étoiles étaient accrochées dessus.

— Tu es pourtant mieux placé que quiconque pour le savoir, répondit-il. À ton avis ? Et le tien ?

À vrai dire, je rencontrais aussi peu de succès dans ce domaine qu'aux échecs. Sur les trois mille âmes que je m'étais vu confier, moins de deux mille cinq cent avaient été déchues : ce n'était pas un bon pourcentage, et j'en avais conscience. Pire, sur les cinq cents échecs et plus que j'avais rencontrés, les deux tiers devaient être imputés à l'ange Raphael.

Baissant les yeux sur l'échiquier, je soupirai :

— Je vais te regretter.

C'était la vérité, même si j'aurais davantage de chances de réussir face à un joueur moins chevronné. Je n'avais jamais appartenu à la même catégorie que Raphael.

— Quand pars-tu ?

— Bientôt.

Ses réponses étaient, à son habitude, vagues. « Bientôt », « patience », « un jour ». Il nous avait fallu plus de quatre siècles pour convenir de ce rendez-vous mensuel autour d'une partie d'échecs ainsi qu'un autre siècle et demi pour fixer le lieu et l'horaire. Je réprimai un frisson en imaginant le temps qu'il mettrait à choisir une autre bière si le Tipperary se retrouvait à court de Guinness.

— Ton jeu s'améliore, Ariel.

Il disait la vérité, ce qui ne constituait néanmoins pas un compliment : je partais de si loin que je sortais à peine la tête de mes abysses de nullité. Je fis un nouveau coup inconsidéré et annonçai à sa place :

— Échec et mat. Je m'incline.

Après avoir renversé mon roi noir, je me carrai dans mon fauteuil pour siroter la fin de ma bière. Ayant ramassé mon roi déchu, Raphael le fit rouler entre ses longs doigts tout en m'observant, les yeux mi-clos. Le parfum de tristesse et de douceur qui émanait de lui m'inquiétait.

— Que sais-tu que j'ignore ? lui demandai-je.

Un jeune couple hilare s'installa à une table voisine et commanda des bières brunes ainsi que des fish and chips. Alors que leur accent américain me paraissait incroyablement discordant, je me rappelai que je me trouvais aux États-Unis. Tous les endroits se ressemblaient, de mon point de vue. Les tentations étaient universelles. Il serait si facile, par exemple, de convaincre ce jeune homme de boire plus que de raison, puis de faire des embardées sur l'autoroute fréquentée, alors que sa compagne pousserait des cris d'alarme. Je fermai les yeux sur ces images de métal et de chair déchiquetés pour les cacher à Raphael.

Ou, plus simplement, ce jeune homme pourrait céder aux plaisirs de la chair, ce qui satisferait ma propre ardeur. Ce serait si facile…

Et pourtant, paradoxalement, moins qu'autrefois.

— Je ne sais pas grand-chose, finit par dire Raphael.

Déserté par le désir, je rouvris les yeux. Son ton était empreint de nostalgie et de défaitisme, et il refusait de croiser mon regard, cherchant, lui aussi, à dissimuler ses pensées.

— Nous nous reverrons, mon frère, ajouta-t-il. J'en suis certain.

Il régla ses Guinness avant de sortir dans la nuit fraîche et claire, grand jeune homme en jean délavé et chemise, qui ne se démarquait en rien sinon par son esprit pur et brûlant, aussi éclatant qu'une étoile. Je le désirais.

Et je le redoutais.

Je me rendis au bar pour commander une autre Black and Tan et, en retournant m'asseoir, je découvris une jeune femme à la place que Raphael avait abandonnée ; elle disposait avec méthode les pions sur l'échiquier. Il arrivait, certes rarement, qu'une femme jette son dévolu sur moi ; et ça n'était évidemment pas pour me déplaire. Après m'être réinstallé dans mon fauteuil habituel, j'inclinai la tête pour observer à loisir les contours aiguisés de son visage pâle. Elle releva les yeux vers moi, et la terreur me transperça, une terreur comme je n'en avais pas connue depuis que j'avais franchi les Portes de l'enfer, plus de mille ans auparavant.

Je me redressai lentement, puis écartai ma bière avant d'incliner la tête devant elle et de souffler :

— Je suis votre humble serviteur.

Ses yeux étaient deux trous noirs donnant sur l'enfer, qui grouillait de monstruosités que même moi je n'osais pas examiner de trop près. Je sentis l'attraction qu'elle exerçait sur moi, comparable à la gravité terrestre.

— Que puis-je pour vous ? repris-je.

Mon obséquiosité la ravit.

— Je ne suis pas aussi laxiste que ton dernier maître, Ariel. Tu fais bien de me témoigner ta soumission.

Voilà ce que Raphael avait deviné, ce que ses yeux moroses avaient trahi. Mon ancien maître, Valariel, était accommodant et plus facile à corrompre que la plupart ; il me laissait certaines libertés, comme le petit plaisir de ces conversations avec l'ennemi. Mon instinct me soufflait qu'il avait été amèrement puni pour cette transgression. Je détournai le regard afin de ne pas découvrir, dans celui de ma nouvelle maîtresse, les formes que cette sanction avait pu prendre.

— Je vous suis, à jamais, dévoué, déclarai-je. Puis-je vous offrir un verre, Belial ?

Elle déclina ma proposition. Mon verre de Black and Tan se mit à bouillonner et à fumer de façon inquiétante. Saisissant sans peine le message, je patientai pendant qu'elle considérait l'échiquier.

Elle ouvrit avec une charge de pions, attaque suicidaire et frénétique, dépourvue de discernement et d'habileté. Je lui pris ses pions ; ils réapparurent aussitôt sur l'échiquier, comme par enchantement.

Lorsque à son tour elle passa sérieusement à l'offensive, ses pions se transformèrent en démons aux yeux rouges qui dévorèrent les miens, tandis que ceux-ci hurlaient.

Je poursuivis la partie, ainsi qu'elle le souhaitait, jusqu'à ce que toutes mes pièces eussent été massacrées et l'échiquier baigné de leur sang. Quand sa reine blanche brandit, victorieuse, la tête de mon roi, je murmurai :

— Je m'incline.

L'illusion se dissipa aussitôt et l'échiquier redevint un simple plateau de jeu, sur lequel les pions s'alignaient bien sagement. Une goutte de sang sombre coulait le long de mon roi.

— Je te laisse une dernière chance, Ariel, dit-elle sur le ton badin de la conversation. Apporte-moi l'âme d'un enfant que Raphael protège. Apporte-moi Raphael. Et je t'épargnerai.

Ma terreur initiale n'était rien comparée à la douleur noire et glaciale qui m'étreignit alors. Belial m'assignait une tâche impossible à accomplir. Pire, qui allait à l'encontre de mes propres désirs. Je ne souhaitais pas corrompre Raphael. Peut-être même, bien que cela fût inavouable, le respectais-je.

Cependant, je ne pouvais refuser.

— La prochaine fois, annonça-t-elle avec un sourire qui découvrit ses dents acérés et ensanglantées, nous ferons un autre jeu. Tu gagneras peut-être.

Mes poils se hérissèrent. Je n'avais pas encore perdu toute ma tête.

Elle s'appelait Grace Langer, et elle n'avait pas plus de cinq ans. J'avais, après l'avoir examinée, décidé de l'oublier car, si le péché touche certains dès le plus jeune âge, je n'avais senti aucune prédisposition naturelle chez elle, ce qui impliquait davantage d'efforts de mon côté. Après l'avoir marquée, je m'étais tourné vers une proie plus facile.

À présent, cependant, Grace pouvait garantir mon salut, si tout marchait selon mes plans.

Elle n'avait pas, au premier abord, grand-chose pour susciter mon intérêt : une bonne fillette, aimante et disciplinée (du moins jusqu'à présent). N'ayant ni frère ni sœur avec qui se battre, elle n'était pas non plus portée au caprice ou à l'égoïsme. D'une intelligence précoce, elle promettait, si l'on y apportait le soin nécessaire, de devenir une adulte brillante. Elle croyait en Dieu.

La foi, et plus particulièrement celle d'un enfant, est le plus ténu de tous les liens. Attaquez-le par les extrémités, où il est le plus fragile, et vous parviendrez généralement à le réduire en miettes à la première offensive. J'étudiai la famille de Grace soigneusement avant de repérer une faiblesse chez la mère, une jeune femme séduisante du nom d'Iris, à l'appétit charnel profondément refoulé.

Je la rencontrai au supermarché, l'aidai à porter ses courses, puis jouai de mon charme irrésistible pour l'emmener dans un bar – pas au Tipperary Inn –, où nous discutâmes autour d'un verre de vin, tels deux adultes civilisés. Je ne cherchai pas à l'attirer dans mon lit ce jour-là.

Lors de notre quatrième rencontre, je l'avais si bien corrompue que ses actes ne lui inspirèrent aucune honte, l'immensité de son désir ayant pris toute la place. J'enfouis en elle mes propres peurs et frustrations. On n'aurait guère pu parler d'amour, même dans l'esprit d'Iris. Quelle qu'ait été l'identité de son ange gardien, il n'avait pas la moindre chance : aucun péché n'avait autant mes faveurs que la luxure.

Nous nous satisfîmes, Iris et moi, de nombreuses fois, dans de nombreux endroits et de nombreuses façons, avant que je ne m'arrange pour que son mari nous découvre. Je tenais la mère de Grace, mais ce n'était pas son âme qui m'intéressait. Je l'abandonnai donc à son destin – qui prendrait la forme de la damnation ou de la rédemption –, au beau milieu d'une dispute avec son mari Douglas. Pendant qu'ils criaient et versaient des larmes, je sortis profiter du beau soleil d'août.

Assise au bord de la véranda, Grace sanglotait. Elle n'était pas la plus jolie des fillettes, cependant ses beaux cheveux châtains et ses grands yeux marron lui donnaient un certain charme. J'envisageai plusieurs approches avant de choisir la plus simple. Je m'installai à côté d'elle, jambes ballantes. Les semelles de mes chaussures effleuraient l'herbe touffue, tandis que je balançais les pieds. Cette journée embaumait la jacinthe, la rose et la pluie qui ne tarderait pas à venir.

— Je n'ai pas le droit de parler aux inconnus, me dit-elle en parfaite petite fille de cinq ans.

— Je ne suis pas un inconnu, répondis-je.

C'était la stricte vérité. Je la connaissais depuis sa naissance. Et j'avais séduit sa mère. Je ne pouvais pas moins être un inconnu, n'est-ce pas ?

— Je m'appelle Ariel. Tu ne devrais pas pleurer, Grace.

Ses sanglots redoublèrent, secouant ses frêles épaules comme si quelqu'un la rouait de coups. Je lui passai un bras autour des épaules et l'attirai contre moi pour la bercer. La chaleur de son corps éveilla en moi une émotion inédite et déplaisante.

— Il l'a tapée. Mon papa a tapé ma maman.

Je lissai ses cheveux châtains.

— Tu devrais demander à Dieu d'arranger tout cela.

C'était le point crucial de mon plan : Dieu ne répondrait jamais à ses prières. Le libre-arbitre étant ce qu'il est, Dieu ne recolle pas les morceaux d'un ménage brisé ; il compte sur les humains pour réparer ce genre de dégâts eux-mêmes. Voilà pourquoi il est aussi souvent déçu.

Des prières ignorées signaient la mort de la foi, et lorsque celle-ci avait disparu…

— Ariel.

C'était la voix de Raphael, mais je ne reconnaissais pas ses intonations. Celles auxquelles j'étais habitué avaient été remplacées par les accents sévères et intraitables du professionnel.

Redressant la tête et le découvrant sur le trottoir, je fus envahi d'une autre émotion inhabituelle – amour ? chagrin ? regret ? Il n'y avait aucune indulgence dans son regard, aucune compréhension.

— Laisse-la, Ariel, reprit-il. Elle ne t'appartient pas.

— Peut-être bien que si, répondis-je en frottant doucement les épaules de la fillette, toujours agitées de spasmes. Ses parents se disputent. Grace est contrariée.

La lumière qui animait Raphael était aussi éclatante qu'un soleil. Il s'approcha d'un pas, et Grace, percevant sa colère, se blottit encore plus contre moi.

Il eut une seconde d'hésitation et je compris que la victoire était à ma portée. Elle se révélait faillible, sa petite Grace, autant que sa mère, ou son père. Elle se tenait à la frontière entre le Paradis et l'Enfer, et elle tomberait du bon côté, le mien.

— Je suis désolé, Raphael, lui dis-je avec sincérité, avant de me détourner de la souffrance qui brûlait dans son regard.

— Tu n'as pas à l'être. Ne détruis pas cette enfant. Elle est encore innocente. Tu ne mesures pas ce que tu vas lui infliger.

— Je n'ai pas le choix, insistai-je tout en pressant mes lèvres sur la chevelure fine et soyeuse de Grace, qui sentait bon le frais. Imagine-toi que nous jouons une partie. Si tu perds celle-là, il y en aura d'autres.

Secouant la tête, il s'éloigna pour s'adosser à la clôture blanche, échine courbée. Grace leva vers moi ses grands yeux avant de me demander :

— Mon ami va bien ?

— Oui, lui mentis-je. Il va bien. Allez, Grace, prie pour ta maman et ton papa. Dieu t'aidera.

Elle joignit ses deux menottes et récita une prière. Je fixai le dos de Raphael pendant qu'il pleurait.

Lorsque Grace atteignit sa seizième année, j'avais si bien œuvré que je n'éprouvais plus jamais le frisson de la surprise. Bélial avait fait preuve d'indulgence devant la lenteur de mes progrès, se délectant peut-être de l'agonie de Raphael. L'ange aurait pu abandonner la petite, mais il s'obstina et suivit de ses yeux mouillés d'amour et de douleur les chemins de plus en plus tortueux sur lesquels je l'entraînais. Elle avait toujours eu la possibilité de s'adresser à lui, au lieu de quoi elle lui avait tourné le dos.

Il y avait, cependant, une chose à laquelle je m'étais toujours refusé, en dépit des propositions régulières de Grace. La luxure.

— Oh ! allez, de quoi tu as peur ? me demanda-t-elle par ce froid matin d'hiver, où le monde entier grelottait à part elle.

Elle, ma douce Grace déchue, avec son bras criblé de marques de seringues et son sourire réchauffé par l'héroïne. Elle s'écroula dans mes bras, en gloussant. Je la retins un moment, miné par le regret, avant de la laisser tomber sur le plancher crasseux. Les pleurs remplacèrent les éclats de rire.

— Ne me quitte pas, s'il te plaît, ne me quitte pas, j'ai besoin de toi, j'ai besoin…

Elle était au fond du trou, ma Grace, tout au fond, pourtant elle avait gardé son cœur de petite fille effrayée et perdue, que j'avais corrompu avec une méticulosité remarquable. Elle réclamait ma compassion, et je n'en avais pas.

Je n'avais plus besoin de lui rendre visite, toutefois, à l'instar de mon frère, je continuais à le faire. Je me répétais que c'était juste pour m'assurer qu'elle ne se tournerait pas vers la lumière, mais il y avait autre chose. D'abord, je savais que voir Grace me permettait de voir Raphael, devenu l'ombre de lui-même et qui, à cet instant même, surveillait l'appartement miteux depuis la rue. Ensuite…

Ensuite, il y avait tout simplement Grace. Je n'avais jamais réussi à oublier sa confiance quand elle s'était livrée à moi, la chaleur de son corps enfantin contre le mien, la caresse merveilleuse de ses cheveux sur ma main.

Elle se tortilla sur le sol avant de s'agripper à mes jambes pour se redresser, marquant un arrêt à hauteur de ma ceinture Au moment où elle allait déboutonner mon pantalon, je revis le visage d'Iris, que la luxure vidait de toute autre émotion, qui oubliait sa famille, qui troquait son amour contre le désir physique.

J'y avais pris beaucoup de plaisir, cependant la simple idée de faire la même chose avec Grace me rendait malade. « Belial t'observe, me souvins-je. Cède et tu seras sauvé. »

Je recouvris ses mains des miennes pour les stopper. Nos yeux se rencontrèrent, les siens flous et rêveurs, les miens bien trop affûtés.

— Non, lui dis-je.

— Pourquoi ?

Un sourire langoureux étira ses lèvres tandis qu'elle haussait les sourcils d'un air entendu.

— Tu n'aimes pas ça ? ajouta-t-elle.

J'en brûlais d'envie. La moindre parcelle de mon âme corrompue réclamait la dépravation.

— Non, répétai-je. Je n'aime pas ça.

Je la repoussai de toutes mes forces, et ses larmes se remirent à couler alors qu'elle heurtait le plancher. Je l'enjambai et rejoignis la porte, que j'ouvris à la volée.

Raphael attendait dans le couloir et, dans le miroir bleuté de ses prunelles, je me vis sans artifices… Oh ! pour des yeux humains, je n'étais pas moins séduisant que lui, mais mon regard était dévoré par les flammes de l'enfer, tel celui de Belial, et mon cœur était aussi gris que de la cendre. Cette vision m'inspira une honte terrible.

— Ariel…

Sa voix, douce et aimante, signalait qu'il me pardonnait tout. Moi, corrompre Raphael ? Comment le pourrais-je ? Que Belial s'y essaie elle-même, si elle était si sûre d'elle.

Me sentant incapable de parler, je hochai la tête et me dirigeai vers l'escalier. J'aurais pu m'épargner tout ce qui suivit s'il ne m'avait pas effleuré la main pour me retenir.

Ce simple geste déclencha une guerre entre le paradis et l'enfer. Nous avions interdiction de nous toucher, et nous découvrîmes la raison de cette loi : tout fut ravivé, nos liens et notre douleur, notre amour et notre haine.

Mes doigts s'enroulèrent autour des siens, s'y agrippant pour l'empêcher de s'écarter. Nous étions prisonniers, tous deux, d'un purgatoire créé par notre propre désespoir.

— Libère-la, Ariel, murmura-t-il d'une voix brisée.

Sa lumière faiblissait au contact de la noirceur de mon âme.

— Je t'en supplie, insista-t-il. Libère-la.

— Je ne peux pas, répliquai-je, ainsi que je le faisais depuis des années.

Ces mots rouvrirent de vieilles blessures en chacun de nous.

— C'est à toi d'agir, repris-je. Sauve-la.

Il y a un don que seuls les anges possèdent, c'est celui de la prescience. Celle-ci obscurcit son regard lorsqu'il répondit :

— Il est trop tard, déjà.

À cet instant, j'aurais pu le détruire, par cette simple union de nos deux mains. L'essence démoniaque est dans la souffrance et la fierté, or la mienne le pénétrait par l'endroit où il avait le moins de défense. Par son amour. Il suffirait de quelques secondes supplémentaires…

Je reculai d'un pas trébuchant, et j'eus l'impression de dégringoler à nouveau dans la gueule de l'enfer. Il s'affala contre le mur, aspirant à grandes goulées l'air fétide, les mains plaquées sur le visage comme pour s'interdire de me regarder.

Je courus aussi vite que si Belial me talonnait.

Grace mourut d'une overdose le lendemain. Je n'étais pas présent. J'assistai à son enterrement dans la fosse commune. Le souvenir de son passage dans ce monde tenait sur une plaque en plastique bon marché. À l'autre bout du cimetière se tenait Raphael, l'œil éteint. Il avait perdu la partie. Grace ne connaîtrait jamais le paradis.

Je crois qu'il me haïssait alors, autant qu'un ange en était capable. Nous n'échangeâmes pas un mot. Je me rendis au Tipperary Inn, havre de notre amitié défunte, commandai une Black and Tan et installai l'échiquier. Je jouerais contre moi-même. Je pouvais me mettre à la place d'un ange… après tout, j'en avais été un avant.

À cet instant, Grace brûlait en enfer et implorait la pitié.

Je mis un pion blanc en danger et le pris avec un cavalier noir.

Elle s'était abandonnée contre moi, si confiante... La chaleur de son corps et l'odeur fraîche de ses cheveux m'avait rappelé...

Je ramassai le pion blanc déchu et le retournai avant de le briser en deux.

Une ombre tomba sur l'échiquier et, l'espace d'un instant, je craignis qu'elle appartienne à Belial, venue réclamer avec ses yeux fumants et sa bouche avide ce que je ne pouvais lui donner.

Mais ce fut la voix de Raphael qui s'éleva :

— Je vois que tu m'attends.

Il n'y avait rien à répondre. Il se laissa tomber dans le fauteuil en face du mien, puis ramassa de ses longs doigts osseux les deux morceaux du pion blanc. Nos regards s'évitaient. Au bout de plusieurs minutes, je fis signe au barman de lui apporter une Guinness et, dans la pièce adjacente, résonnèrent les premières notes des Roving Rogues, le groupe qui jouait ce soir-là.

Lorsque sa bière fut posée devant lui, Raphael me dit :

— Je savais comment tout cela se terminerait la dernière fois que nous avons joué aux échecs, tu te souviens ?

— Je me souviens.

Il m'adressa un sourire affectueux avant d'aspirer la mousse crémeuse sur le dessus de son verre.

— Je savais que sa disparition ne serait pas la fin. Peut-être le sais-tu aussi.

— Raphael…

Il reposa le pion sur l'échiquier, à sa place. Celui-ci était à nouveau entier et il n'y avait pas même une marque de décoloration à l'endroit de la réparation.

— Faisons une partie, proposa-t-il. Le gagnant rafle tout.

Il ne pouvait pas mesurer entièrement la portée de ses paroles… En même temps, courait-il un danger réel ? Je n'étais pas un fin stratège, et il ne l'ignorait pas. Comme Belial, je me montrais brutal et grossier, et, dans la bataille, je fonçais tête baissée. Mon frère raffiné n'aurait pas de mal à faire un simple pas de côté.

Au troisième coup, je lui pris un de ses pions blancs, au cinquième, un autre. Puis une tour au sixième. Ce n'était pas, m'avisai-je, que Raphael jouait plus mal qu'à son habitude… Simplement, je jouais mieux. Il ne donna aucun signe de panique lorsque je traquai sa reine jusqu'à ce que mort s'ensuive, massacrai ses fous et abattis ses cavaliers.

Une heure, et une Guinness, plus tard, Raphael renversa son roi blanc et souffla :

— Échec et mat. Je m'incline.

Pétrifié sur mon fauteuil, je fixai l'échiquier. J'avais gagné. Je l'avais acculé à la défaite, et j'avais remporté la partie.

Tendant une main au-dessus du champ de bataille déserté, Raphael me dit :

— Félicitations, mon frère.

Je connaissais les conséquences d'une poignée de main. J'en avais déjà fait l'expérience, dans le couloir devant l'appartement de Grace. J'avais presque entraîné Raphael en enfer, alors.

— Non, plaidai-je. Pars. Je te laisse une chance. Pars !

— Je ne peux pas, répondit-il, la main toujours offerte. Je t'en prie, Ariel. Fais-moi cette faveur.

La rencontre de nos deux natures, contraires, provoqua un cataclysme. Peut-être parce que nous savions ce qui nous attendait. Le souffle coupé, j'éprouvai une exaltation proche de l'extase. Sa paix et son amour déferlèrent sur moi, me traversant, et ma noirceur…

Ma noirceur dévora sa lumière. Je tentai de le libérer, mais il s'agrippait à moi, les yeux écarquillés et immobiles. Son éclat décrut, décrut…

Puis s'évanouit, comme s'il n'avait jamais existé.

Poussant un cri d'horreur, je le lâchai, pourtant il était trop tard, bien trop tard. Qu'avais-je fait ? Sans cette étincelle, Raphael n'était plus lui-même. J'avais détruit ce que j'avais le plus aimé au monde.

Une présence ardente dans mon dos. Les doigts de Belial, aussi tranchants que des rasoirs, m'écorchèrent la peau de la nuque dans une caresse démoniaque.

— Mon trésor, ronronna-t-elle. Je n'ai jamais douté de toi, mon Ariel. L'enfant et l'ange. Il a chu de sa propre volonté. Règneras-tu en enfer, Raphael, ou te contenteras-tu de servir ?

Les yeux bleus de l'ange avaient viré au gris cendre. Il semblait paralysé, mais des larmes scintillaient telles des étoiles dans ses yeux. Je connaissais le vide, l'angoisse et l'horreur qui dévorait l'âme. Non. Non, ce n'était pas possible.

Grace. J'aimais Grace, je l'aimais de tout mon cœur. Et je l'avais trahie, j'avais assassiné son esprit, violé sa volonté…

— Nous ferons de grandes choses, toi et moi, ronronna Belial avant de revêtir sa forme humaine la plus séduisante pour aller s'asseoir sur les genoux de Raphael et lui couvrir le cou de petits baisers cramoisis.

À l'endroit où ses lèvres effleuraient sa peau, des ampoules fleurissaient comme autant de roses. Elle glissa les mains sous sa chemise, lui dessinant dans le vif, sur le torse, des croix inversées. Du sang imbiba le fin coton blanc.

— De grandes choses, reprit-elle. Détruire. Torturer. Assassiner. Autant d'actes qui t'ont toujours été défendus. Tu es libre désormais, Raphael, mon frère aîné, plus libre que tu ne l'as jamais été. Plus de Dieu à craindre. Tu es seul.

Dans ma poitrine, une fleur lumineuse s'ouvrit soudain. Elle me prit tant au dépourvu que je me figeai et me repliai sur moi-même, m'émerveillant. Un vide glacial m'avait habité si longtemps…

Au cœur de cette chaleur, une lueur. Un murmure. Un mot.

D'une voix douce, Raphael dit :

— Il n'y a aucune crainte à avoir, Belial. Si tu avais tiré une leçon de ta chute, tu le saurais. N'aie pas peur du pardon.

Il ne s'adressait pas seulement à moi par l'intermédiaire de mes oreilles, mais également par celui de cette lumière qui s'épanouissait en moi.

— Tu en es digne. Cesse de le redouter, Ariel.

— Grace, murmurai-je, les yeux embués de larmes.

Des larmes de joie, de douleur et d'anxiété.

— Tu peux la délivrer, si tu le désires.

On aurait cru que Belial n'était plus sur les genoux de l'ange, le visage déformé par la colère. Comme s'il n'y avait que nous deux, et ma lumière qui, en croissant, me réchauffait. Je vis une étincelle, vacillante, s'allumer en Raphael. Briller telle une pépite d'or.

— Je ne te promets pas que cela sera aisé ou indolore, ajouta-t-il. Cependant, tu en es capable.

Autour de nous, le Tipperary Inn se décolora au point de devenir fantomatique, et la musique ne fut plus qu'un murmure. Autour de nous, les flammes et les hurlements crurent.

— Bienvenue en enfer, annonça Belial. Ton amour n'a aucun pouvoir ici.

Des ailes lui avaient poussé, acérées et noires comme l'âme que l'on apercevait dans ses yeux. Raphael soutenait mon regard. Sur la table, notre partie d'échecs était terminée. J'avais gagné.

En gagnant, j'avais perdu, et en perdant… gagné.

Je plongeai la main dans les braises ardentes à mes pieds, la cherchant et l'appelant. La main de Grace trouva la mienne et j'attirai contre moi son âme atrophiée et frissonnante, qui pleurait de douleur.

Je déversai ma lumière en elle.

— Ariel, commença Belial avec des accents d'une suavité dangereuse. Tu ne quitteras jamais cet endroit.

— Le diable enfante les mensonges.

Je remis Grace à Raphael, qui l'enveloppa de ses bras, puis je lui serrai la main.

La lumière qui m'habitait bondit vers lui, embrasant l'étincelle en son sein, et, ensemble, nous brillâmes d'un éclat plus vif que Belial, plus vif que les flammes infernales. Au cœur de la fumée et des cris d'agonie, il poussa à Raphael des ailes aussi pâles qu'un lever de soleil, aussi douces qu'une aube. Dans ses yeux, je découvris le visage de l'amour.

— Nous nous reverrons, frère, affirma-t-il, tandis que ses ailes l'emportaient haut, si haut que ni les hurlements enragés de Belial, ni les flammes ne purent l'atteindre.

J'eus le temps de le voir rejoindre la liberté avant d'être frappé par la fureur de ma maîtresse.

Nous sommes semblables, anges et démons, séparés par la plus ténue des frontières. Un ange, s'il éprouve la colère et la fierté, peut choir ; un démon, s'il éprouve la compassion, peut s'élever pour vivre une vie d'humain ou gagner une nouvelle place au paradis, bien que la tâche ne soit aisée.

Ariel n'a gardé aucun souvenir de Grace, ni de l'enfer. Il mène une vie simple, résistant à la plupart des tentations auxquelles il est soumis. Il conserve son penchant pour la chair, et c'est peut-être dans l'ordre des choses.

Il ignore ce qu'il fait lorsqu'il se rend au Tipperary Inn pour jouer aux échecs avec son ami Raphael. Il sait seulement que ce rituel lui communique une impression de paix, et de bonheur.

Depuis la nuit des temps, je suis son gardien. Je crois qu'il ne l'a jamais deviné.

Et je crois qu'aujourd'hui il va gagner la partie.

« Pour l'éditeur, le principe est d'utiliser des papiers composés de fibres naturelles, renouvelables, recyclables et fabriquées à partir de bois issus de forêts qui adoptent un système d'aménagement durable. En outre, l'éditeur attend de ses fournisseurs de papier qu'ils s'inscrivent dans une démarche de certification environnementale reconnue. »

Composition Nord Compo

Cet ouvrage a été imprimé en France
par CPI Bussière
à Saint-Amand-Montrond (Cher)
en juin 2012

Dépôt légal 1re publication juillet 2012
20-2368-7 – ISBN 978-2-01-202368-0
Édition 01 – juillet 2012
N° d'impression : 121242/4

*Loi n° 49-956 du 16 juillet 1949*
*sur les publications destinées à la jeunesse.*